Symbiote 33cl

Scénario : Dominique De Canales
Dessin : Régis Donsimoni
Couleurs : Yoann Guillo

Soleil

À mes deux petites princesses : Luna et Ilis.
Merci à Sylvie et Laurent Philibert-Caillat pour les relectures.
Et pour finir, un grand merci à Rej pour me permettre de réaliser mes rêves de gosse.

Dom

Tout d'abord, un grand merci à Dom de m'avoir proposé cet album et pour les bons moments que j'ai passé à le dessiner.
Un super merci à Yoann pour les jolies couleurs et un merci tout spécial à Bannister
pour avoir très gentiment réalisé le magnifique logo « symbiote ».
Et un grand merci à vous d'avoir lu cet album ou de vous préparer à le faire !!!

Rej

http://regisdonsimoni.canalblog.com/

Un très grand merci à toi Aurore pour l'aide que tu m'as fournie sur cet album
et pour le soutien constant que tu m'accordes.

Yoann

De Donsimoni

Le Collège invisible
Scénario de Ange

Tome 1 : Cancrus supremus
Tome 2 : Furor draconis
Tome 3 : Astralum cauchemardem
Tome 4 : Duelum magickum
Tome 5 : Gestus Collegiem
Tome 6 : Galactus Destructor
Tome 7 : Retournum à la terrum
Tome 8 : Lostum

Mon dragon et moi
Scénario de Ange

Tome 1 : Bienvenue à Jolie Ville

Soleil Productions
15, Boulevard de Strasbourg
83000 Toulon - France

Soleil Paris
25 Rue Titon - 75011 Paris - France

Conception et réalisation graphique : Studio Soleil

Dépôt légal : Août 2009 - ISBN : 978-2-30200-715-4

Impression : PPO - Palaiseau - France

ATOMIKA KOLA
SPACE CRUISE
kawai burgers
HUBERT, QU'EST-CE QUE TU FAIS ? DIS-MOI OÙ EST LA FILLE.
CALME-TOI, MIKE. JE FAIS MON POSSIBLE.
DEUXIÈME BÂTIMENT, À GAUCHE. UNE PORTE BLEUE.
TU VOIS, C'ÉTAIT PAS COMPLIQUÉ ...
J'APPRÉCIE TOUJOURS TES SINCÈRES REMERCIEMENTS, MIKE.
C'EST POUR ÇA QU'ON TRAVAILLE ENSEMBLE, HUB.
ATTENTION, LE KIDNAPPEUR EST TOUJOURS AVEC ELLE !
KEEP OUT
OÙ EST GOLEM ?
NE T'INQUIÈTE PAS, IL ARRIVE. JE FINIS DEUX, TROIS RÉGLAGES.
MOUAIS... ÇA FAIT DEUX ANS QUE TU BRICOLES CE ROBOT ET IL TE FAUT RÉGLER DES DÉTAILS.
ET ÇA FAIT TROIS ANS QU'ON SE CONNAÎT, MIKE, ET TU ES TOUJOURS AUSSI CH...
BOUGE PAS !
①

LÂCHE CE COUTEAU !
NE TE MÊLE PAS DE ÇA ET TOUT IRA BIEN.
AID... AIDEZ...
BLAM
BLAM
J'AI DIT : LÂCHE CE COUTEAU !
AIDEZ-MOI !
SI TU T'APPROCHES, JE L'ÉGORGE !
S'IL... S'IL VOUS PLAÎT...
JE NE PLAISANTE PAS ! D'ABORD ELLE RÉPOND À MES QUESTIONS ET ENSUITE JE POSE MON ARME.
MAUVAISE RÉPONSE !
BLAM
HIIIIIIII!!!!
D'ACCORD, TU AS GAGNÉ.
BLAM
BLAM
BLAM

DÉSOLÉ POUR TOI MAIS JE NE PEUX PAS MOURIR. CONTINUE À VIDER TON CHARGEUR SUR MOI... ÇA NE CHANGERA RIEN.
PAR CONTRE, REGARDE... REGARDE MA VRAIE NATURE, CAR C'EST LA DERNIÈRE CHOSE QUE TU VERRAS !
J'EN AI ASSEZ VU.
MOI AUSSI, J'AI UNE SURPRISE...
JE SORS L'ARTILLERIE LOURDE !
QU... QUELLE...
QUELLE EST CETTE IGNOMINIE, HUMAIN ?
MAUDIT PARASITE !

CRÈVE !
C'ÉTAIT QUOI, CE TYPE ?
ET VOUS, ÇA VA ?
LE... LE... IL... IL...
RASSUREZ-VOUS, IL EST MORT. IL NE VOUS FERA PLUS AUCUN M...
PAS LUI ! LE... LE PLAFOND !
IL TOMBE !
...KRRRRRRRRRRRRRRRRRKRAAAAAAAAK
COUCHEZ-VOUS !
HELL ON EARTH
QU'EST-CE QU...
C'EST BON, MIKE ! LA CAVALERIE ARRIVE. DÉPÊCHEZ-VOUS, TOUT LE BÂTIMENT S'ÉCROULE. IL Y A UNE SORTIE DERRIÈRE MON ROBOT.
GOLEM ?

ICI, VOUS NE CRAIGNEZ PLUS RIEN.
MOUAIS...
MANQUAIT PLUS QU'EUX ...
VOUS ÊTES EN ÉTAT D'ARRESTATION !
PAS DE PANIQUE. RENTRE TES GRIFFES, MON GARÇON.
C'EST QUOI, CE BORDEL QUE TU NOUS AS FOUTU, MIKE ?
TROIS FOIS RIEN, JIM. C'ÉTAIT PAS LA PEINE DE LÂCHER TES FAUVES.
ÇA FAIT PLUS DE SOIXANTE-DOUZE HEURES QU'ON RECHERCHE MADEMOISELLE SHEPPARD...
ELLE VA BIEN.
LA FILLE ET TOI, ON VOUS EMMÈNE AU POSTE POUR PRENDRE VOS DÉPOSITIONS.
MOI, TOUT CE QUE JE VEUX, C'EST LA RÉCOMPENSE POUR L'AVOIR RETROUVÉE.
TU AURAS TON ARGENT, MIKE. MAIS JE NE VAIS PAS POUVOIR CONTINUER À FERMER LES YEUX SUR TES ACTIVITÉS ENCORE LONGTEMPS.
ALORS OUVRE-LES ET FAIS TON BOULOT. LE PASSÉ C'EST LE PASSÉ, JIM. TU NE ME DOIS RIEN.
TU SAIS QUE SI J'AI CE POSTE, C'EST GRÂCE À TOI, MIKE.
BRAVO ! T'ES CAPITAINE, C'EST ÇA ?
L'ÉPOQUE OÙ LES CRIMINELS ET CEUX QUI LES METTAIENT DERRIÈRE LES BARREAUX ÉTAIENT TOUS DES POURRIS EST TERMINÉE, MIKE. C'EST FINI !
JE SAIS, JE SAIS. ET TES ANIMAUX DE CIRQUE, C'EST L'AVENIR DE L'HUMANITÉ...
APRÈS PLUSIEURS JOURS D'ANGOISSE, LUCIE SHEPPARD, LE CÉLÈBRE MANNEQUIN DE L'AGENCE ECLIPSE, A ÉTÉ RETROUVÉE SAINE ET SAUVE DANS LA BANLIEUE OUEST DE NEOCITY. C'EST ENCORE UNE NOUVELLE AFFAIRE RÉSOLUE BRILLAMMENT PAR L'ÉQUIPE DES FORCES SPÉCIALES. ICI, SAMANTHA JACKSON DE CITY NEWS. À VOUS...

... LES STUDIOS.
HUBERT, OÙ ES-TU ?!
DANS MA CAMIONNETTE, MIKE.
MERCI, ÇA, JE SAIS. ET TA CAMIONNETTE, ELLE EST OÙ ?
DEUX CENTS MÈTRES AU-DESSUS DE TA TÊTE... EN VOL STATIONNAIRE.
JE VIENS DE LEUR DIRE OÙ CHERCHER POUR QU'ILS RETROUVENT LE CORPS DE CETTE... CETTE CHOSE.
QUELLE CHOSE ?
LE KIDNAPPEUR. ENFIN, CE QU'IL EN RESTE...
TU LES AIDES À DÉBLAYER AVEC GOLEM ?
OUI, J'EN PROFITE POUR VOIR SI LA SYNCHRO FONCTIONNE BIEN.
VU D'ICI, ÇA M'A L'AIR PAS MAL...
AU FAIT, MIKE. ELLE EST AUSSI JOLIE QUE SUR LES PHOTOS ?
QUI ÇA ?
LUCIE SHEPPARD, LA FILLE DE LA PUB ATOMIKA KOLA !
C'EST PAS POSSIBLE ! T'ES VRAIMENT OBSÉDÉ !
EH BIEN, QUOI ? POUR UNE FOIS QUE TU CÔTOIES UNE VEDETTE.
POUR MOI, UNE NANA QUI POSE EN MAILLOT DE BAIN AVEC UN SOURIRE NIAIS, CE N'EST PAS UNE VEDETTE. C'EST UNE...
MIKE...
NOUS AVONS TOUT RATISSÉ, TOUT SONDÉ. IL N'Y A AUCUNE TRACE D'UN KIDNAPPEUR, LÀ-DESSOUS !
QUOI ?! C'EST IMPOSSIBLE, JIM. IL DOIT ÊTRE LÀ !
IL A RAISON, MIKE. LES ANALYSES THERMIQUES ET SPECTROGRAPHIQUES DE GOLEM CONFIRMENT CE RÉSULTAT.
TU ES SÛR QU'IL Y AVAIT QUELQU'UN AVEC VOUS ?
C'EST QUOI, CES FOUTAISES ? TU PLAISANTES, J'ESPÈRE ?
NON, JE NE PLAISANTE PAS.
EMBARQUEZ-LE, ON VA AU POSTE TIRER ÇA AU CLAIR ! MADEMOISELLE SHEPPARD VIENT AUSSI AVEC NOUS.
JIM ! DIS À TON GORILLE QUE S'IL POSE ENCORE SES GROSSES PALUCHES SUR MOI, JE L'ÉCLATE.

À TON AVIS ?... TU CROIS QUE JE POURRAIS DEMANDER UN AUTOGRAPHE À LUCIE SHEPPARD ?
MAUVAISE IDÉE, ROGER ! ELLE DOIT ÊTRE ENCORE SOUS LE CHOC DE SON...
QU'EST-CE QU'ILS FONT LÀ, EUX ?
?!
IL Y A UN PROBLÈME, LES GARS ?
BOOM
ON... ON NOUS ATTAQUE ...
NE LAISSEZ AUCUN TÉMOIN !
DANGER NIVEAU 7. ÉLIMINATION CIBLE PRIORITAIRE.
DANGER NIVEAU 2. ÉLIMINATION CIBLE SECONDAIRE.
CIBLE ÉLIMINÉE.
EEYYYH !
ATTENTION ! NIVEAU DE DANGER DE LA CIBLE AUGMENTÉ DE 500 %.
MODE KAMIKAZE ACTIVÉ.
VLAM
7

NE... N'APPROCHEZ PAS...
ALORS, MADEMOISELLE SHEPPARD ?
ACHÈVE-LE !
LES FORCES SPÉCIALES N'ÉTAIENT PAS PRÉVUES AU PROGRAMME. PRENEZ LE RÉACTEUR DORSAL.
PAS TROP TÔT. J'AI FAILLI ATTENDRE ...
POURQUOI FAIRE ?
METTEZ-LE, S'IL VOUS PLAÎT. LES PILOTES SONT MORTS ET LES STABILISATEURS AUTOMATIQUES VONT BIENTÔT LÂCHER. NOUS ALLONS NOUS ÉCRASER DANS DEUX MINUTES.
IL FAUT RÉCUPÉRER LE CORPS DE L'HOMME QUI M'A LIBÉRÉE !
APRÈS UNE CHUTE DE CETTE HAUTEUR, MADEMOISELLE SHEPPARD, LA SEULE CHOSE QUE L'ON VA TROUVER, C'EST UNE GROSSE TACHE DE SANG.
MON PÈRE VOUDRA SÛREMENT ÉTUDIER L'ÉTRANGE ARMURE QU'IL PORTE.
POURQUOI VOTRE PÈRE S'INTÉRESSERAIT-IL À CETTE ARMURE ?
ELLE PORTE...
... LA MARQUE DES SPECTRES.
LÂCHE...
EXPLOSION DANS 3 SECONDES.
... MOI ! TAS DE...
EXPLOSION DANS 2 SECONDES.
... FERRAILLE !
EXPLOSION DANS 1 SECONDE.
EXPL...
KABOOM

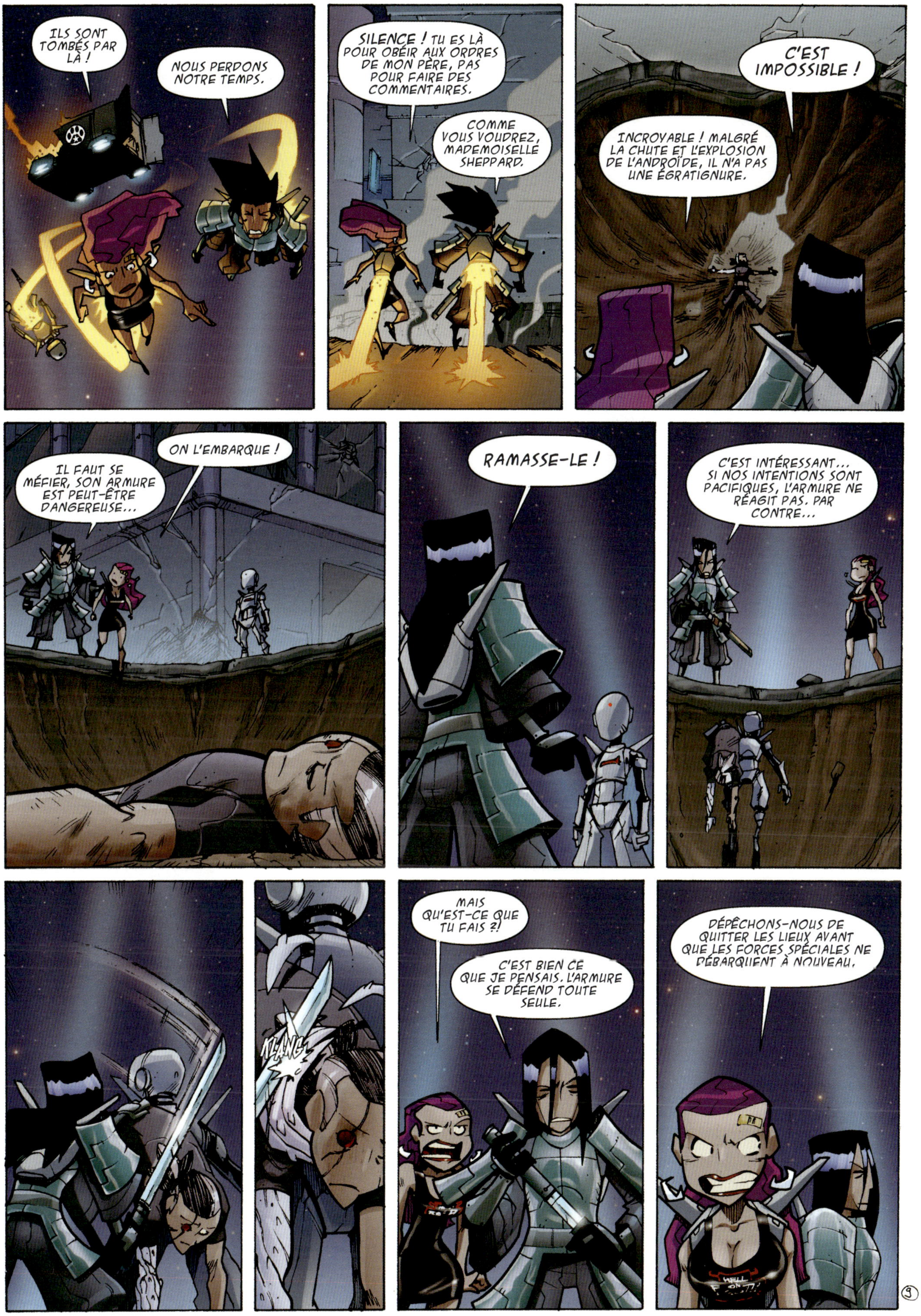
ILS SONT TOMBÉS PAR LÀ !
NOUS PERDONS NOTRE TEMPS.
SILENCE ! TU ES LÀ POUR OBÉIR AUX ORDRES DE MON PÈRE, PAS POUR FAIRE DES COMMENTAIRES.
COMME VOUS VOUDREZ, MADEMOISELLE SHEPPARD.
C'EST IMPOSSIBLE !
INCROYABLE ! MALGRÉ LA CHUTE ET L'EXPLOSION DE L'ANDROÏDE, IL N'A PAS UNE ÉGRATIGNURE.
IL FAUT SE MÉFIER, SON ARMURE EST PEUT-ÊTRE DANGEREUSE...
ON L'EMBARQUE !
RAMASSE-LE !
C'EST INTÉRESSANT... SI NOS INTENTIONS SONT PACIFIQUES, L'ARMURE NE RÉAGIT PAS. PAR CONTRE...
KLANG
MAIS QU'EST-CE QUE TU FAIS ?!
C'EST BIEN CE QUE JE PENSAIS. L'ARMURE SE DÉFEND TOUTE SEULE.
DÉPÊCHONS-NOUS DE QUITTER LES LIEUX AVANT QUE LES FORCES SPÉCIALES NE DÉBARQUENT À NOUVEAU.
9

ICI LÉON, JE N'ARRIVE PLUS À CONTACTER JIM.
ICI, CENTRAL. NOUS CONFIRMONS, MATRICULE 72-4. LEUR RADIO EST HORS SERVICE.
MODE FURTIF ACTIVÉ 50 %. MODE SENTINELLE ACTIVÉ.
IL FAUT ALLER VOIR CE QU'IL SE PASSE !
NOUS ENVOYONS UNE ÉQUIPE.
NON ! AVEC LE GLISSEUR DE JIM, JE SERAI SUR PLACE DANS UNE MINUTE !
NÉGATIF, MATRICULE 72-4. VOS ORDRES SONT D'ATTENDRE LE PROPRIÉTAIRE DU ROBOT POUR INTERROGATOIRE. VOUS DEVEZ RESTER SUR LES LIEUX DE L'AFFAIRE SHEPPARD...
FAITES VENIR QUELQU'UN D'AUTRE !
INTERVENTION IMMÉDIATE. LA LIBÉRATION DE LUCIE SHEPPARD NE DOIT SOUFFRIR AUCUN CONTRE TEMPS. EXÉCUTION.
SNIF... SNIF...
AUCUNE ODEUR... ET QUELQU'UN BOUGE DERRIÈRE MOI...
ÇA SENT LE COUP FOURRÉ...
CESSEZ LE FEU ! VOUS ÊTES EN ÉTAT D'ARRESTATION !
VOUS N'AVEZ AUCUNE CHANCE. NOTRE VICTOIRE EST ASSURÉE À 98 %.
NOTRE ?!
RRRRRRRRRRRR !!!
10

BOOM
ARRRRGH !!!
DEUX POUR CENT DE CHANCES, C'EST PLUS...
... QU'IL NE M'EN FAUT !
OÙ EST PASSÉ L'AUTRE ?!
JE L'AI !
SALUT ! JE SUIS HUBERT FORTUNA, L'ASSOCIÉ DE MIKE STORM.
EH BIEN, C'EST LA PREMIÈRE FOIS QUE JE VOIS CE MODÈLE D'ANDROÏDE. VOUS SAVEZ POURQUOI ILS VOUS ONT ATTAQUÉ ?
AUCUNE IDÉE. MOI, C'EST LÉON. MERCI, POUR LE COUP DE MAIN...
DE RIEN. J'AI L'HABITUDE...
ALERTE, CODE 3 ! 1742C EST TOUCHÉ. JE RÉPÈTE : ALERTE, CODE 3 !
OH, NON ! CATHY...
LUCIE SHEPPARD ET VOTRE AMI ONT EU UN ACCIDENT.
MERDE ! C'EST POUR ÇA QUE MIKE NE RÉPOND PLUS À MES APPELS. SI VOUS VOULEZ, ON PEUT Y ALLER AVEC MA CAMIONNETTE. JE RÉCUPÉRERAI GOLEM PLUS TARD.
ON Y VA !
C'EST PEUT-ÊTRE INDISCRET, MAIS QUI EST CATHY ?
MA FEMME...
11

VOUS... VOUS ÊTES MARIÉ ? MAIS VOUS ÊTES UN MÉTAMORPHE...
CATHY AUSSI. EN FAIT, JE L'AI ÉPOUSÉE AVANT DE LE DEVENIR. C'EST ENSUITE QUE NOUS AVONS TOUS LES DEUX ACCEPTÉ LE PROJET EXPÉRIMENTAL EMERSON.
C'EST LA PREMIÈRE FOIS QUE J'ENTENDS PARLER D'UN COUPLE AYANT SUIVI CE PROGRAMME...
APRÈS NOS NOCES, CATHY A APPRIS QU'ELLE AVAIT UN CANCER FULGURANT. ELLE ÉTAIT CONDAMNÉE... IL NE LUI RESTAIT QUE QUELQUES JOURS À VIVRE...
LA TUILE !
À L'ÉPOQUE, IL Y AVAIT UNE CHANCE QUE LA MUTATION EMERSON PUISSE INTERROMPRE LE PROCESSUS ET STOPPER LES CELLULES CANCÉREUSES.
ALORS, ELLE A TENTÉ LE COUP ?
OUI, ELLE N'AVAIT PLUS RIEN À PERDRE.
ET VOUS ?
MOI, J'Y AI PARTICIPÉ POUR MON COUPLE. VOUS SAVEZ, LES MARIAGES ENTRE MÉTAMORPHES SONT TOLÉRÉS, PAS LES UNIONS MIXTES... EN TOUT CAS, DEPUIS LA TRANSFORMATION, CATHY SE PORTE COMME UN CHARME.
REGARDEZ, C'EST ELLE.
ENTRE FÉLINS, VOUS DEVEZ BIEN VOUS ENTENDRE... DE TOUTE FAÇON, LE PROCESSUS EST RÉVERSIBLE. SI VOUS LE VOULEZ, VOUS POUVEZ REDEVENIR HUMAINS...
MOI, OUI ...
... CATHY, NON.
C'EST À CAUSE DU CANCER, IL REPRENDRAIT AUSSITÔT.
C'EST ÇA...
J'ESPÈRE QU'ELLE VA BIEN...
SOYEZ TRANQUILLE, LÉON, AVEC ÇA, ON VA RETROUVER LEUR TRACE. JE SUIS RELIÉ À TOUS LES SATELLITES DE RECHERCHE DES FORCES SPÉCIALES.
QUAND MIKE A DÉMISSIONNÉ DES FORCES SPÉCIALES, IL N'EST PAS PARTI LES MAINS VIDES. ÇA NOUS DONNE QUELQUES AVANTAGES !
À TOUS NOS SATELLITES ? MAIS COMMENT...
HUM...
HEU... JE CROIS QU'ILS SONT LÀ...

ILS SE SONT ÉCRASÉS !
NON !
NON...
QU'EST-CE QU'IL S'EST PASSÉ ? OÙ EST MIKE ?
N... NON...
J'AI FAIT LE TOUR... AUCUNE TRACE DE MIKE, NI DU TOP-MODÈLE, MAIS J'AI TROUVÉ ÇA !
CE N'EST PAS UN ACCIDENT.
ON LES A ATTAQUÉS...
HEU...
CH... CHÉRIE... POURQUOI ?
JE SUIS DÉSOLÉ...
JE SUIS VRAIMENT DÉSOLÉ.
JE VAIS RETROUVER LES SALAUDS QUI ONT FAIT ÇA ! ET ILS VONT LE PAYER CHER... TRÈS CHER !
13

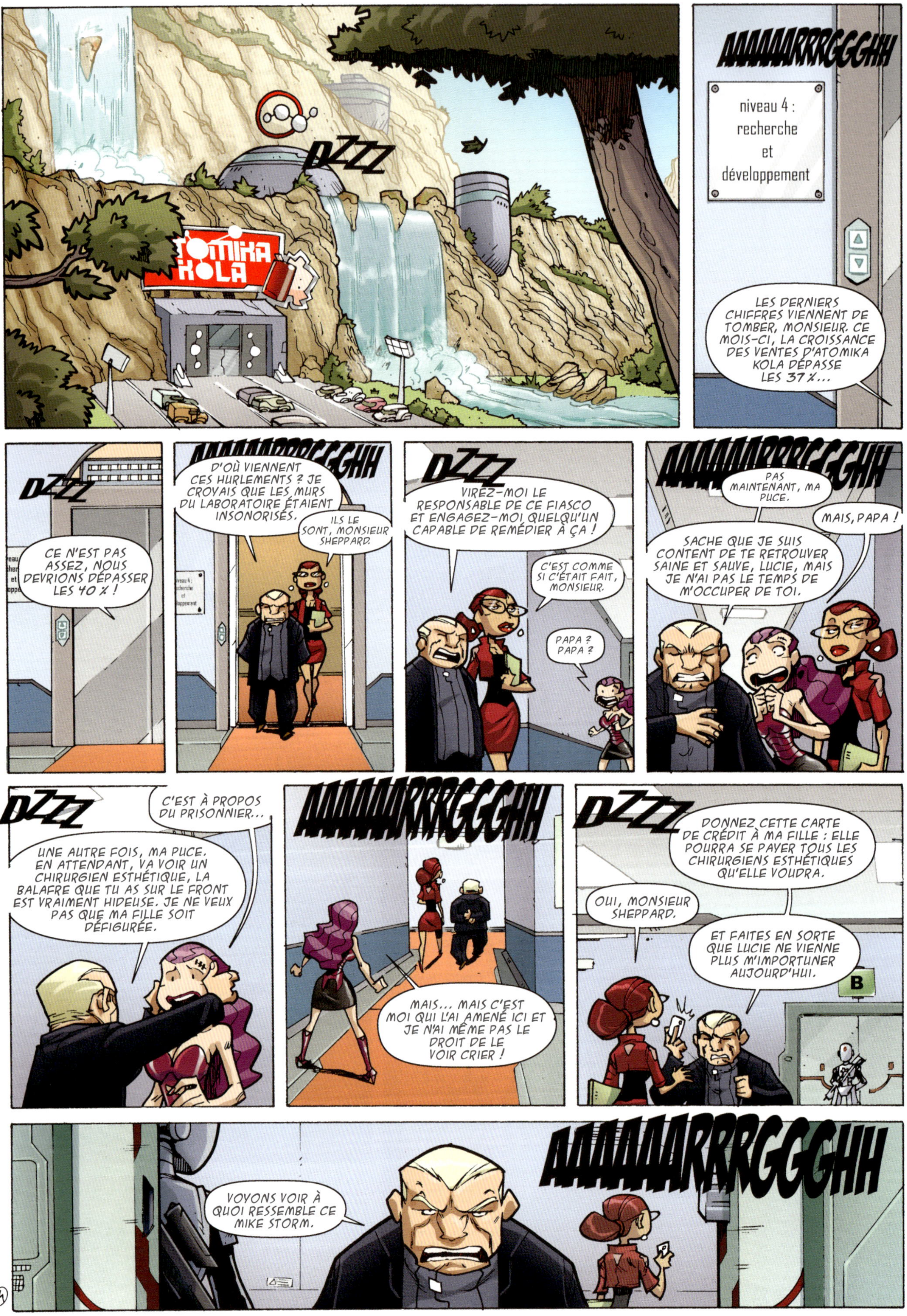
DZZZ
TOMIKA KOLA
AAAAAARRRGGGHH
niveau 4 : recherche et développement
LES DERNIERS CHIFFRES VIENNENT DE TOMBER, MONSIEUR. CE MOIS-CI, LA CROISSANCE DES VENTES D'ATOMIKA KOLA DÉPASSE LES 37 %...
DZZZ
CE N'EST PAS ASSEZ, NOUS DEVRIONS DÉPASSER LES 40 % !
AAAAAARRRGGGHH
D'OÙ VIENNENT CES HURLEMENTS ? JE CROYAIS QUE LES MURS DU LABORATOIRE ÉTAIENT INSONORISÉS.
ILS LE SONT, MONSIEUR SHEPPARD.
DZZZ
VIREZ-MOI LE RESPONSABLE DE CE FIASCO ET ENGAGEZ-MOI QUELQU'UN CAPABLE DE REMÉDIER À ÇA !
C'EST COMME SI C'ÉTAIT FAIT, MONSIEUR.
PAPA ? PAPA ?
AAAAAARRRGGGHH
PAS MAINTENANT, MA PUCE.
MAIS, PAPA !
SACHE QUE JE SUIS CONTENT DE TE RETROUVER SAINE ET SAUVE, LUCIE, MAIS JE N'AI PAS LE TEMPS DE M'OCCUPER DE TOI.
DZZZ
C'EST À PROPOS DU PRISONNIER...
UNE AUTRE FOIS, MA PUCE. EN ATTENDANT, VA VOIR UN CHIRURGIEN ESTHÉTIQUE, LA BALAFRE QUE TU AS SUR LE FRONT EST VRAIMENT HIDEUSE. JE NE VEUX PAS QUE MA FILLE SOIT DÉFIGURÉE.
AAAAAARRRGGGHH
MAIS... MAIS C'EST MOI QUI L'AI AMENÉ ICI ET JE N'AI MÊME PAS LE DROIT DE LE VOIR CRIER !
DZZZ
DONNEZ CETTE CARTE DE CRÉDIT À MA FILLE : ELLE POURRA SE PAYER TOUS LES CHIRURGIENS ESTHÉTIQUES QU'ELLE VOUDRA.
OUI, MONSIEUR SHEPPARD.
ET FAITES EN SORTE QUE LUCIE NE VIENNE PLUS M'IMPORTUNER AUJOURD'HUI.
B
AAAAAARRRGGGHH
VOYONS VOIR À QUOI RESSEMBLE CE MIKE STORM.

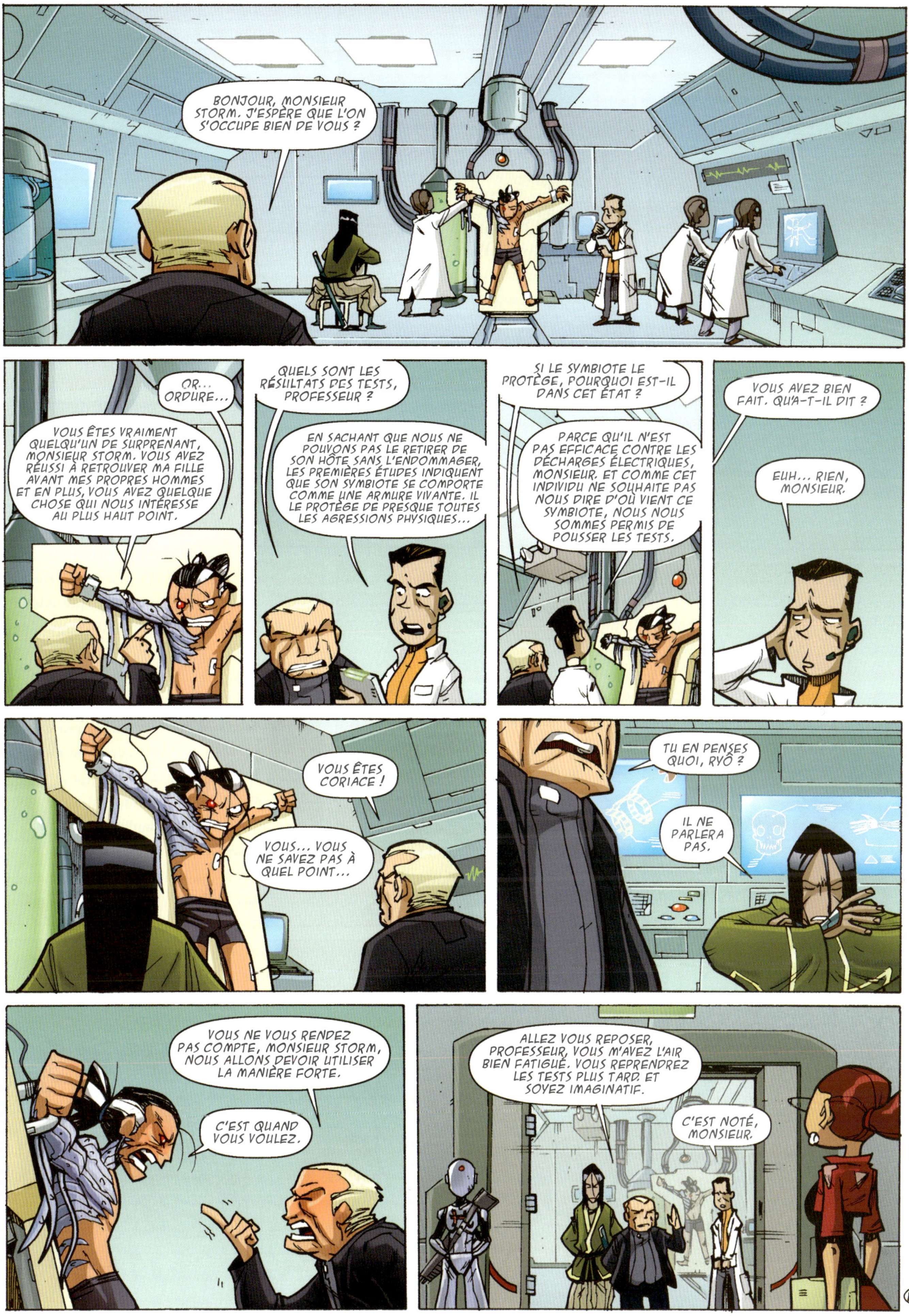
BONJOUR, MONSIEUR STORM. J'ESPÈRE QUE L'ON S'OCCUPE BIEN DE VOUS ?
OR... ORDURE...
VOUS ÊTES VRAIMENT QUELQU'UN DE SURPRENANT, MONSIEUR STORM. VOUS AVEZ RÉUSSI À RETROUVER MA FILLE AVANT MES PROPRES HOMMES ET EN PLUS, VOUS AVEZ QUELQUE CHOSE QUI NOUS INTÉRESSE AU PLUS HAUT POINT.
QUELS SONT LES RÉSULTATS DES TESTS, PROFESSEUR ?
EN SACHANT QUE NOUS NE POUVONS PAS LE RETIRER DE SON HÔTE SANS L'ENDOMMAGER, LES PREMIÈRES ÉTUDES INDIQUENT QUE SON SYMBIOTE SE COMPORTE COMME UNE ARMURE VIVANTE. IL LE PROTÈGE DE PRESQUE TOUTES LES AGRESSIONS PHYSIQUES...
SI LE SYMBIOTE LE PROTÈGE, POURQUOI EST-IL DANS CET ÉTAT ?
PARCE QU'IL N'EST PAS EFFICACE CONTRE LES DÉCHARGES ÉLECTRIQUES, MONSIEUR. ET COMME CET INDIVIDU NE SOUHAITE PAS NOUS DIRE D'OÙ VIENT CE SYMBIOTE, NOUS NOUS SOMMES PERMIS DE POUSSER LES TESTS.
VOUS AVEZ BIEN FAIT. QU'A-T-IL DIT ?
EUH... RIEN, MONSIEUR.
VOUS ÊTES CORIACE !
VOUS... VOUS NE SAVEZ PAS À QUEL POINT...
TU EN PENSES QUOI, RYÔ ?
IL NE PARLERA PAS.
VOUS NE VOUS RENDEZ PAS COMPTE, MONSIEUR STORM, NOUS ALLONS DEVOIR UTILISER LA MANIÈRE FORTE.
C'EST QUAND VOUS VOULEZ.
ALLEZ VOUS REPOSER, PROFESSEUR, VOUS M'AVEZ L'AIR BIEN FATIGUÉ. VOUS REPRENDREZ LES TESTS PLUS TARD. ET SOYEZ IMAGINATIF.
C'EST NOTÉ, MONSIEUR.
15

QU'EST-CE QUE VOUS AVEZ SUR CE STORM ?
C'EST UN ANCIEN AGENT DES FORCES SPÉCIALES RECONVERTI EN DÉTECTIVE INDÉPENDANT, MONSIEUR SHEPPARD. MAIS J'AI PLUS INTÉRESSANT...
ALLONS VOIR ÇA DANS MON BUREAU.
OUI, MONSIEUR.
TANT QUE J'Y PENSE, AVEZ-VOUS RÉUSSI À VOUS DÉBARRASSER DE MA SOTTE DE FILLE ?
OUI, MONSIEUR. J'AI REMIS LA CARTE DE CRÉDIT À LUCIE, COMME VOUS ME L'AVIEZ DEMANDÉ.
TRÈS BIEN.
ATOMIK KOLA
PAPA, JE TE HAIS...
LAISSEZ-MOI PASSER !
MAIS, VOUS NE POUVEZ PAS ENTRER, MADEMOISELLE SHEPPARD. NOUS AVONS DES CONSIGNES TRÈS STRICTES.
SI VOUS NE ME LAISSEZ PAS PASSER, JE DIRAI TOUT À MON PÈRE ET VOUS SEREZ VIRÉ !
SURTOUT, NE VOUS APPROCHEZ PAS TROP DU PRISONNIER, LES TENTACULES DE SON SYMBIOTE PEUVENT ÊTRE DANGEREUX.
VOUS NE CRIEZ PLUS ? C'EST DOMMAGE...
JE... J'IMAGINE QUE MÊME LES TORTIONNAIRES ONT... ONT DROIT À DES PAUSES...
ILS... ILS VOUS ONT AUSSI EMPRISONNÉE ?
EMPRISONNÉE ?... MOI ?... PAS DU TOUT !
VOUS... VOUS ÊTES AVEC EUX ?!

MAIS... MAIS...
ÇA VOUS APPRENDRA À JOUER AU HÉROS ALORS QU'ON N'AVAIT PAS BESOIN DE VOUS.
VOUS... VOUS PLAISANTEZ ? J'AI RÉPONDU À UN AVIS DE RECHERCHE FAIT DANS LA PRESSE... JE VOULAIS JUSTE LA RÉCOMPENSE...
VOUS NE SAVEZ PAS LIRE : C'ÉTAIT UNE RÉCOMPENSE EN ÉCHANGE D'INFORMATIONS !
JUSTE DES INFORMATIONS ! UNIQUEMENT DES INFORMATIONS ! EN AUCUN CAS L'ANNONCE NE DEMANDAIT L'AIDE D'UN CHEVALIER SERVANT POUR ME SAUVER DU MÉCHANT KIDNAPPEUR !
À CAUSE DE VOUS, JE SUIS DÉFIGURÉE ! VOUS AVEZ TOUT GÂCHÉ ! QUAND J'AI ÉTÉ ENLEVÉE, JE SAVAIS QUE MON PÈRE FERAIT LE NÉCESSAIRE POUR QU'ON ME DÉLIVRE... IL EST TELLEMENT RICHE ET PUISSANT...
POURQUOI AVOIR ATTAQUÉ LES FORCES SPÉCIALES ?
PARCE QU'ILS N'AURAIENT PAS DÛ INTERVENIR... PARCE QUE MON PÈRE PENSE QU'EN CAS D'INTERROGATOIRE, J'AURAIS TOUT DIT SUR SES ACTIVITÉS SECRÈTES... PARCE QU'IL PENSE QUE JE SUIS SOTTE... PARCE QU... PARCE QUE C'EST UN MONSTRE...
ET JE SUIS COMME LUI !
AAAAAARRRGGHH
OUI, UNE FOIS QUE L'ON AURA MIS LA MAIN SUR ELLE, STORM PARLERA.
JE PENSE AUSSI.
TU SAIS CE QU'IL TE RESTE À FAIRE, RYÔ.
LAISSEZ-MOI, J'AI QUELQUES COUPS DE FIL À PASSER.
OUI, MONSIEUR SHEPPARD.

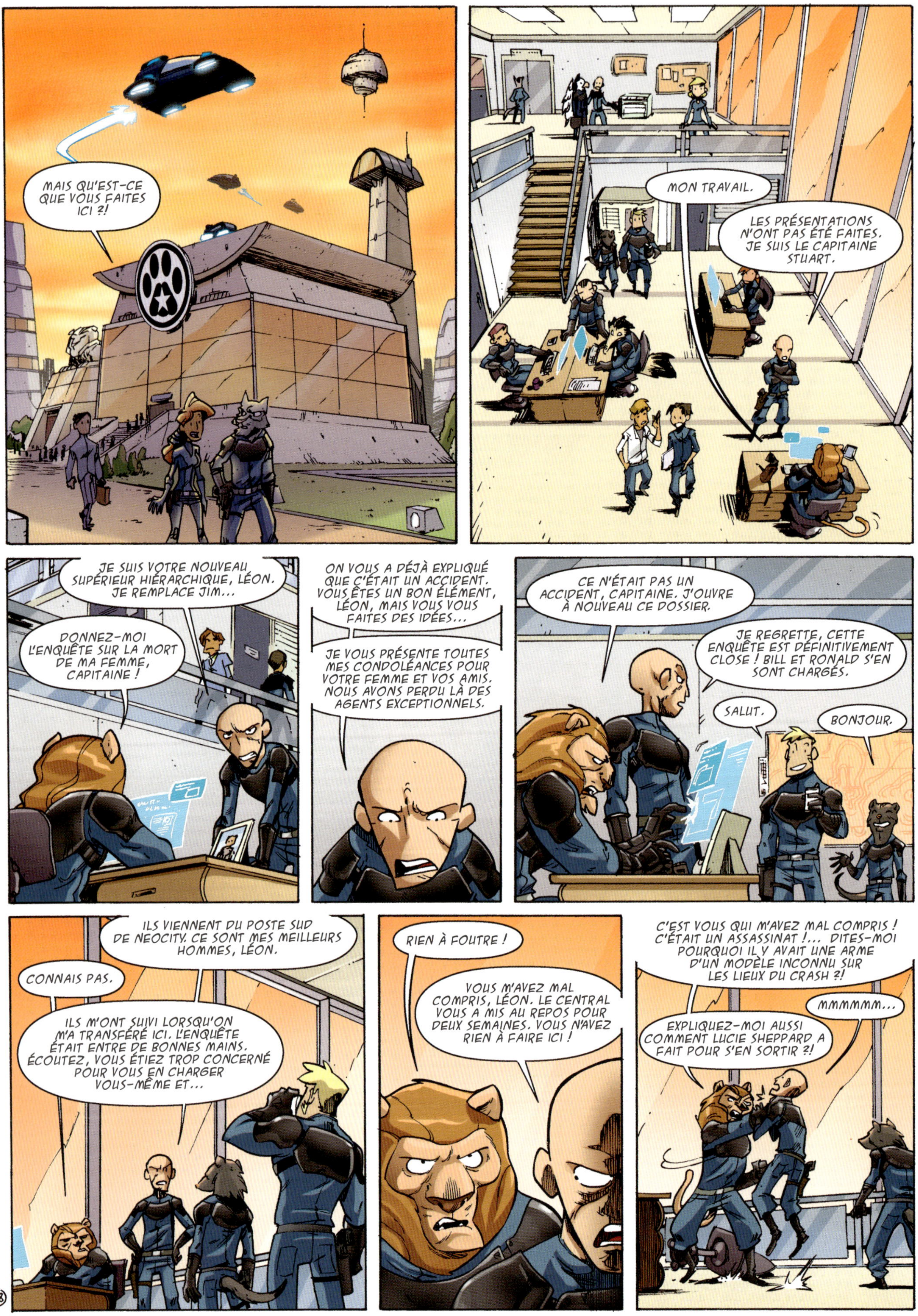
MAIS QU'EST-CE QUE VOUS FAITES ICI ?!
MON TRAVAIL.
LES PRÉSENTATIONS N'ONT PAS ÉTÉ FAITES. JE SUIS LE CAPITAINE STUART.
JE SUIS VOTRE NOUVEAU SUPÉRIEUR HIÉRARCHIQUE, LÉON. JE REMPLACE JIM...
DONNEZ-MOI L'ENQUÊTE SUR LA MORT DE MA FEMME, CAPITAINE !
ON VOUS A DÉJÀ EXPLIQUÉ QUE C'ÉTAIT UN ACCIDENT. VOUS ÊTES UN BON ÉLÉMENT, LÉON, MAIS VOUS VOUS FAITES DES IDÉES...
JE VOUS PRÉSENTE TOUTES MES CONDOLÉANCES POUR VOTRE FEMME ET VOS AMIS. NOUS AVONS PERDU LÀ DES AGENTS EXCEPTIONNELS.
CE N'ÉTAIT PAS UN ACCIDENT, CAPITAINE. J'OUVRE À NOUVEAU CE DOSSIER.
JE REGRETTE, CETTE ENQUÊTE EST DÉFINITIVEMENT CLOSE ! BILL ET RONALD S'EN SONT CHARGÉS.
SALUT.
BONJOUR.
ILS VIENNENT DU POSTE SUD DE NEOCITY. CE SONT MES MEILLEURS HOMMES, LÉON.
CONNAIS PAS.
ILS M'ONT SUIVI LORSQU'ON M'A TRANSFÉRÉ ICI. L'ENQUÊTE ÉTAIT ENTRE DE BONNES MAINS. ÉCOUTEZ, VOUS ÉTIEZ TROP CONCERNÉ POUR VOUS EN CHARGER VOUS-MÊME ET...
RIEN À FOUTRE !
VOUS M'AVEZ MAL COMPRIS, LÉON. LE CENTRAL VOUS A MIS AU REPOS POUR DEUX SEMAINES. VOUS N'AVEZ RIEN À FAIRE ICI !
C'EST VOUS QUI M'AVEZ MAL COMPRIS ! C'ÉTAIT UN ASSASSINAT !... DITES-MOI POURQUOI IL Y AVAIT UNE ARME D'UN MODÈLE INCONNU SUR LES LIEUX DU CRASH ?!
MMMMMM...
EXPLIQUEZ-MOI AUSSI COMMENT LUCIE SHEPPARD A FAIT POUR S'EN SORTIR ?!
18

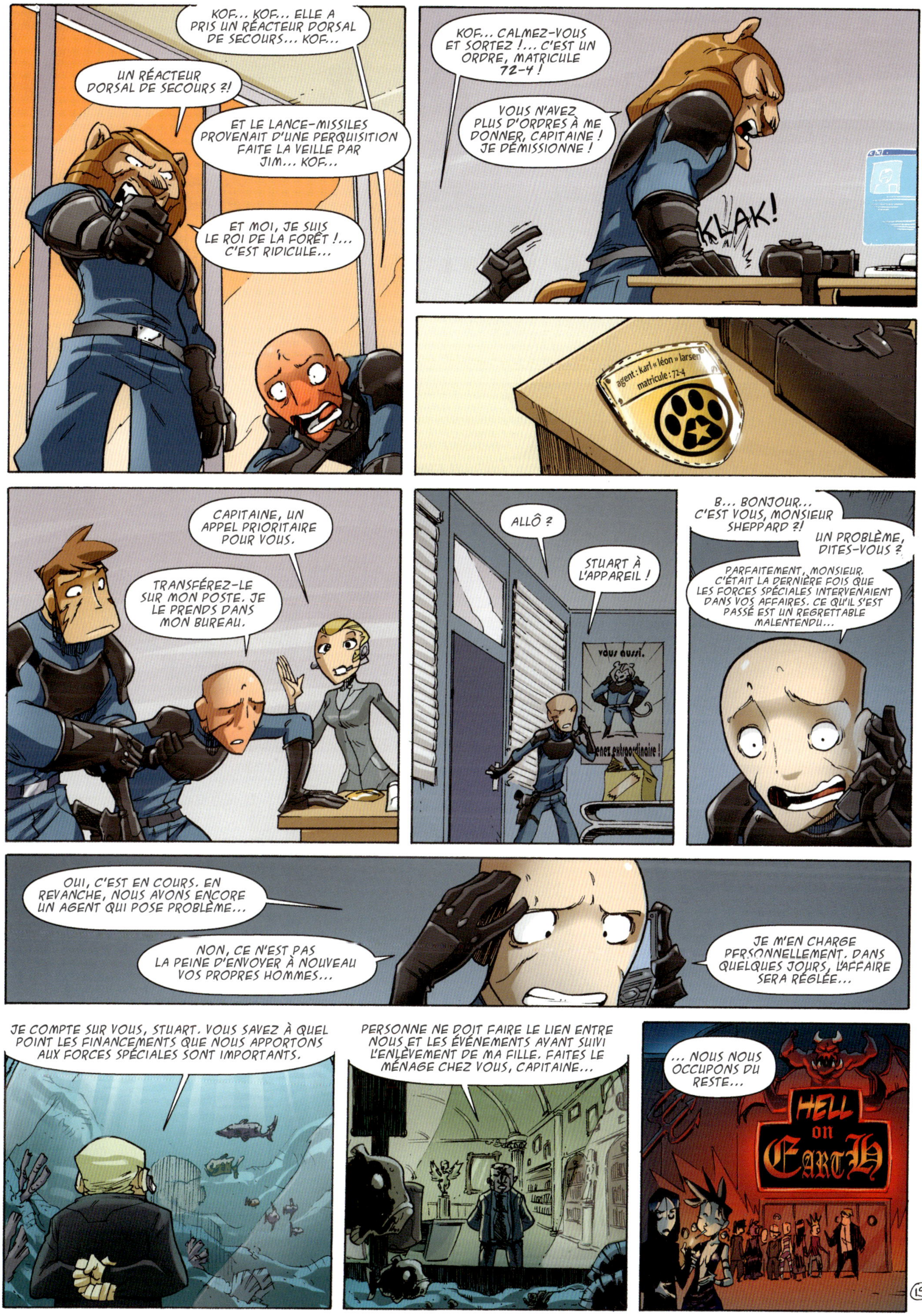
KOF... KOF... ELLE A PRIS UN RÉACTEUR DORSAL DE SECOURS... KOF...
UN RÉACTEUR DORSAL DE SECOURS ?!
ET LE LANCE-MISSILES PROVENAIT D'UNE PERQUISITION FAITE LA VEILLE PAR JIM... KOF...
ET MOI, JE SUIS LE ROI DE LA FORÊT !... C'EST RIDICULE...
KOF... CALMEZ-VOUS ET SORTEZ !... C'EST UN ORDRE, MATRICULE 72-4 !
VOUS N'AVEZ PLUS D'ORDRES À ME DONNER, CAPITAINE ! JE DÉMISSIONNE !
KLAK!
agent : Karl « léon » larsen
matricule : 72-4
CAPITAINE, UN APPEL PRIORITAIRE POUR VOUS.
TRANSFÉREZ-LE SUR MON POSTE. JE LE PRENDS DANS MON BUREAU.
ALLÔ ?
STUART À L'APPAREIL !
vous aussi.
B... BONJOUR... C'EST VOUS, MONSIEUR SHEPPARD ?!
UN PROBLÈME, DITES-VOUS ?
PARFAITEMENT, MONSIEUR. C'ÉTAIT LA DERNIÈRE FOIS QUE LES FORCES SPÉCIALES INTERVENAIENT DANS VOS AFFAIRES. CE QU'IL S'EST PASSÉ EST UN REGRETTABLE MALENTENDU...
OUI, C'EST EN COURS. EN REVANCHE, NOUS AVONS ENCORE UN AGENT QUI POSE PROBLÈME...
NON, CE N'EST PAS LA PEINE D'ENVOYER À NOUVEAU VOS PROPRES HOMMES...
JE M'EN CHARGE PERSONNELLEMENT. DANS QUELQUES JOURS, L'AFFAIRE SERA RÉGLÉE...
JE COMPTE SUR VOUS, STUART. VOUS SAVEZ À QUEL POINT LES FINANCEMENTS QUE NOUS APPORTONS AUX FORCES SPÉCIALES SONT IMPORTANTS.
PERSONNE NE DOIT FAIRE LE LIEN ENTRE NOUS ET LES ÉVÉNEMENTS AYANT SUIVI L'ENLÈVEMENT DE MA FILLE. FAITES LE MÉNAGE CHEZ VOUS, CAPITAINE...
... NOUS NOUS OCCUPONS DU RESTE...
HELL on EARTH
19

SALUT, JUDITH !
RIP
AH ! SALUT, HUBERT, QU'EST-CE QUE TU FAIS LÀ ?
JE PRÉFÈRE ÉVITER LE TÉLÉPHONE ET JE SAVAIS QUE JE TE TROUVERAIS ICI. IL FAUT QU'ON PARLE, C'EST IMPORTANT.
ALLONS AU BAR, NOUS Y SERONS PLUS TRANQUILLES.
COMMENT FAIS-TU POUR SUPPORTER CE BR... CETTE MUSIQUE ?
C'EST SIMPLE : JE FAIS COMME TOI AVEC LA TIENNE, HUB ! TU BOIS QUELQUE CHOSE ?
UN JUS D'ANANAS, MERCI.
UN JUS D'ANANAS ET UN WHISKY ATOMIKA, S'IL TE PLAÎT.
ÇA ROULE !
ALORS, C'EST QUOI CE TRUC IMPORTANT, HUB ?
IL FAUT QUE TU M'AIDES À RETROUVER QUELQU'UN...
TES RECHERCHES PAR SATELLITE ET MOUCHARD ÉLECTRONIQUE N'ONT RIEN DONNÉ ?
NON, RIEN DU TOUT. C'EST L'IMPASSE...
QUAND JE PENSE AU NOMBRE DE FOIS OÙ TU T'ES MOQUÉ DE MOI. "LES MÉDIUMS, ÇA N'EXISTE PAS !" "LA VOYANCE, C'EST UN TRUC POUR FAIRE CRACHER DE L'ARGENT AUX GRANDS-MÈRES !" "LE PENDULE, C'EST UN..."
STOP ! ÇA SUFFIT !
J'ADMETS, LA PLUPART DES MÉDIUMS ET DES VOYANTS SONT DES CHARLATANS, ÇA NE FAIT AUCUN DOUTE... MAIS JE DOIS RECONNAÎTRE QUE TES TALENTS SONT RÉELS ET QU'ILS NOUS ONT AIDÉS À RÉSOUDRE DES CAS TRÈS ÉPINEUX...
COMME CELUI DU TOP-MODÈLE DE LA SEMAINE DERNIÈRE...
ATOMIKA KOLA
100% naturel
20

OUI, C'EST MIKE ET MOI QUI AVONS RETROUVÉ LUCIE SHEPPARD, CONTRAIREMENT À CE QUE DISENT LES MÉDIAS... GRÂCE À TOI, JUDITH...
PFFF... JE DEVRAIS FAIRE DE LA SOUS-TRAITANCE POUR LES MARABOUTS DU QUARTIER. JE SUIS SÛRE QUE JE FERAIS FORTUNE... BON, SI TU VEUX DE L'AIDE, IL FAUT QUE TU M'EXPLIQUES.
0% naturel
JE VOUS AIME LUCIE xxx
EN FAIT...
PARCE QUE C'EST QUAND MÊME HALLUCINANT ! AVEC UNE PHOTO, UNE CARTE DE LA VILLE ET MON PENDULE, JE SUIS CAPABLE DE RETROUVER N'IMPORTE QUI... ET POURTANT, JE SUIS INCAPABLE DE TROUVER UN MEC DIGNE DE CE NOM...
HI ! HI ! DÉSOLÉE, JE SUIS UN PEU POMPETTE...
EN FAIT, TU CONNAIS LE DISPARU...
C'EST MIKE.
QUOI !?
HORS DE QUESTION ! D'HABITUDE, MÊME SI TU BOSSES AVEC LUI, J'ACCEPTE DE T'AIDER, MAIS LÀ TU M'EN DEMANDES TROP...
MAIS C'EST TON PÈRE, JUDITH !
JUSTEMENT ! IL PEUT CREVER, JE NE LÈVERAI PAS LE PETIT DOIGT POUR CE CONNARD !
C'EST AUSSI MON AMI ET IL A BESOIN DE TOI...
NON, JE REFUSE ! EN NOUS ABANDONNANT, CE SALAUD A DÉJÀ DÉTRUIT MA MÈRE ET MON ENFANCE... ÇA SUFFIT ! QU'IL RESTE LÀ OÙ IL EST !
MAIS...
LAISSE-MOI !
ET MERDE...
21

HELL on EARTH
PLEUREZ PAS, MAMZELLE. UN DE PERDU, DIX DE RETROUVÉS. LES CÉLIBATAIRES, C'EST PAS CE QUI MANQUE...
MÊLEZ-VOUS DE VOS AFFAIRES ! JE VEUX RENTRER CHEZ MOI... EN SILENCE ...
QUEL TEMPS POURRI !
VLAD ? OÙ ES-TU ENCORE CACHÉ ?
TU DOIS AVOIR FAIM !...
BONSOIR, JUDITH STORM. NE VOUS INQUIÉTEZ PAS, VLAD EST ENTRE DE BONNES MAINS...
?!
CO... COMMENT ÊTES-VOUS ...
ENTRÉ, C'EST ÇA ? COMME TOUT LE MONDE, PAR LA PORTE. VOUS DEVRIEZ ÊTRE PLUS VIGILANTE AVEC VOS CODES DE SÉCURITÉ.
MAIS... MAIS QUI ÊTES-VOUS ?
JE NE SUIS QU'UN HUMBLE SERVITEUR.
AU SECOURS !!!
22

RRRR RRRR
MAUVAISE IDÉE...
?!?
BORDEL ! MAIS QU'EST-CE QUE VOUS ME VOULEZ ?!
SORTEZ DE CHEZ MOI !
VOUS NE DEVRIEZ PAS JOUER AVEC ÇA, C'EST DANGEREUX.
DONNEZ-MOI ÇA !...
VOUS POURRIEZ BLESSER QUELQU'UN...
DÉMONSTRATION !
MAOW ?!
VLAAAAD !!!
23

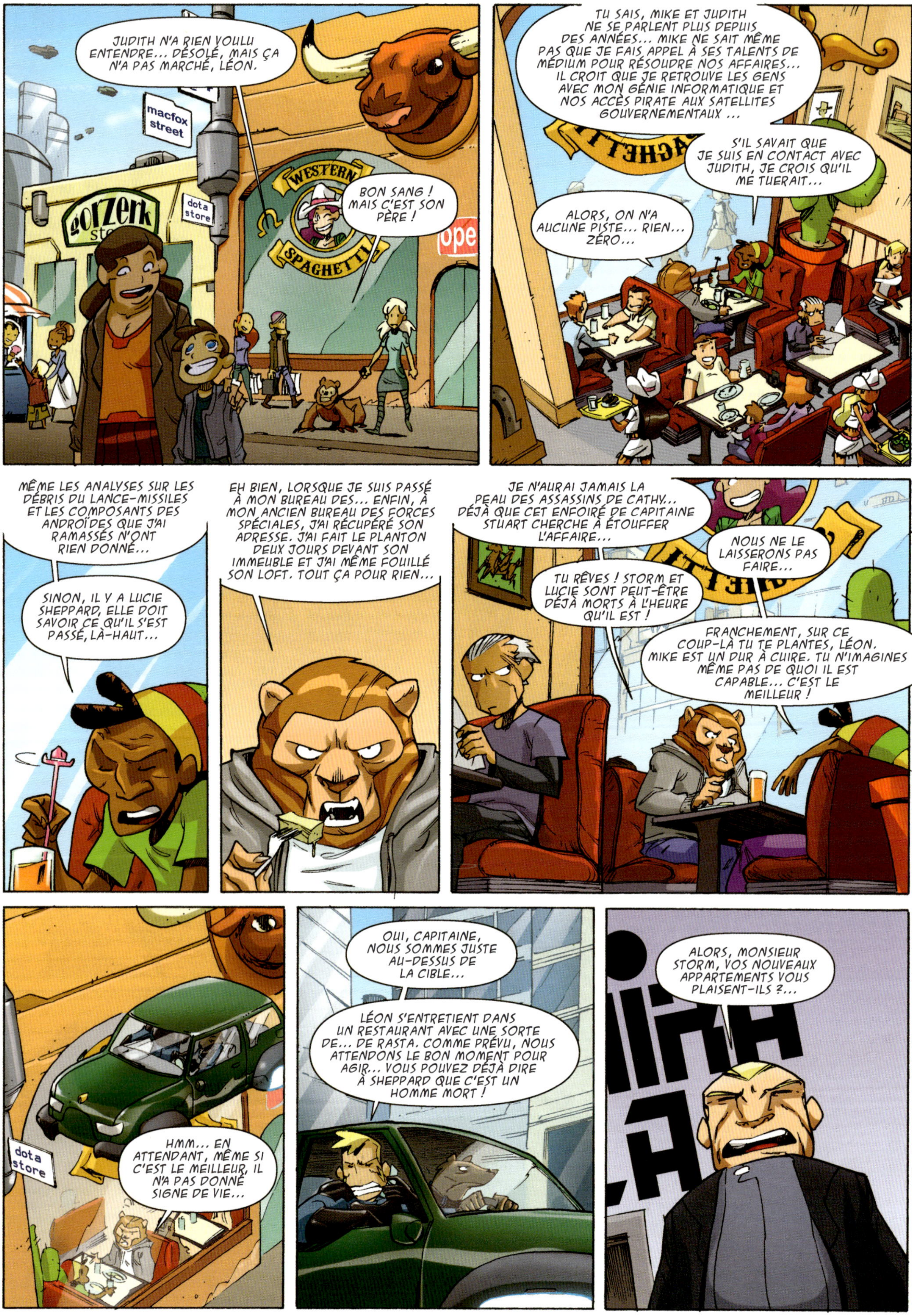

JUDITH N'A RIEN VOULU ENTENDRE... DÉSOLÉ, MAIS ÇA N'A PAS MARCHÉ, LÉON.
macfox street
gorzerk store
dota store
WESTERN SPAGHETTI
BON SANG ! MAIS C'EST SON PÈRE !
TU SAIS, MIKE ET JUDITH NE SE PARLENT PLUS DEPUIS DES ANNÉES... MIKE NE SAIT MÊME PAS QUE JE FAIS APPEL À SES TALENTS DE MÉDIUM POUR RÉSOUDRE NOS AFFAIRES... IL CROIT QUE JE RETROUVE LES GENS AVEC MON GÉNIE INFORMATIQUE ET NOS ACCÈS PIRATE AUX SATELLITES GOUVERNEMENTAUX ...
S'IL SAVAIT QUE JE SUIS EN CONTACT AVEC JUDITH, JE CROIS QU'IL ME TUERAIT...
ALORS, ON N'A AUCUNE PISTE... RIEN... ZÉRO...
MÊME LES ANALYSES SUR LES DÉBRIS DU LANCE-MISSILES ET LES COMPOSANTS DES ANDROÏDES QUE J'AI RAMASSÉS N'ONT RIEN DONNÉ...
SINON, IL Y A LUCIE SHEPPARD, ELLE DOIT SAVOIR CE QU'IL S'EST PASSÉ, LÀ-HAUT...
EH BIEN, LORSQUE JE SUIS PASSÉ À MON BUREAU DES... ENFIN, À MON ANCIEN BUREAU DES FORCES SPÉCIALES, J'AI RÉCUPÉRÉ SON ADRESSE. J'AI FAIT LE PLANTON DEUX JOURS DEVANT SON IMMEUBLE ET J'AI MÊME FOUILLÉ SON LOFT. TOUT ÇA POUR RIEN...
JE N'AURAI JAMAIS LA PEAU DES ASSASSINS DE CATHY... DÉJÀ QUE CET ENFOIRÉ DE CAPITAINE STUART CHERCHE À ÉTOUFFER L'AFFAIRE...
NOUS NE LE LAISSERONS PAS FAIRE...
TU RÊVES ! STORM ET LUCIE SONT PEUT-ÊTRE DÉJÀ MORTS À L'HEURE QU'IL EST !
FRANCHEMENT, SUR CE COUP-LÀ TU TE PLANTES, LÉON. MIKE EST UN DUR À CUIRE. TU N'IMAGINES MÊME PAS DE QUOI IL EST CAPABLE... C'EST LE MEILLEUR !
dota store
HMM... EN ATTENDANT, MÊME SI C'EST LE MEILLEUR, IL N'A PAS DONNÉ SIGNE DE VIE...
OUI, CAPITAINE, NOUS SOMMES JUSTE AU-DESSUS DE LA CIBLE...
LÉON S'ENTRETIENT DANS UN RESTAURANT AVEC UNE SORTE DE... DE RASTA. COMME PRÉVU, NOUS ATTENDONS LE BON MOMENT POUR AGIR... VOUS POUVEZ DÉJÀ DIRE À SHEPPARD QUE C'EST UN HOMME MORT !
ALORS, MONSIEUR STORM, VOS NOUVEAUX APPARTEMENTS VOUS PLAISENT-ILS ?...
24

JE TIENS À VOUS PRÉCISER QU'IL EST INUTILE D'ENVISAGER UNE ÉVASION : LES MURS ET LA VITRE QUI VOUS ENTOURENT SONT CONSTITUÉS D'UN ALLIAGE INDESTRUCTIBLE. NÉANMOINS, JE SUIS PERSUADÉ QUE CE NOUVEL ENVIRONNEMENT VOUS RENDRA PLUS COOPÉRATIF...
SI C'EST POUR ÉCLATER TA SALE GUEULE, SHEPPARD, JE PEUX ME MONTRER EXTRÊMEMENT COOPÉRATIF...
JE N'AI DONC PAS LE CHOIX. RYÔ, AMÈNE-LA !
PAPA ?!
ESPÈCE DE FUMIER ! JE VAIS TE...
POUR COMMENCER, NOUS ALLONS REMETTRE LES PENDULES À L'HEURE. IL N'Y A PAS DE RAISON QUE SEULE MA FILLE AIT À SOUFFRIR DE CETTE MÉSAVENTURE...
RYÔ, TU PEUX LA MARQUER AU FRONT, COMME LUCIE.
NON ! N... NE LUI FAITES PAS DE MAL...
ARRÊTEZ !!! JE VAIS TOUT VOUS DIRE !
OH, UNE DERNIÈRE CHOSE, MONSIEUR STORM... SI VOUS MENTEZ, ELLE MEURT. SI VOUS NOUS CACHEZ QUOI QUE CE SOIT, ELLE MEURT. NOUS AVONS LES MOYENS DE VÉRIFIER LES INFORMATIONS QUE VOUS ALLEZ NOUS COMMUNIQUER. C'EST COMPRIS ?
OUAIS... ALLONS-Y ET TERMINONS-EN...
JE SAVAIS QUE VOUS POUVIEZ ÊTRE QUELQU'UN DE COMPRÉHENSIF, MONSIEUR STORM. LES CAMÉRAS SONT EN ROUTE, NOUS VOUS ÉCOUTONS...
IL Y A CINQ ANS, JE TRAVAILLAIS POUR UNE SECTION SECRÈTE DES FORCES SPÉCIALES OBÉISSANT DIRECTEMENT AUX ORDRES DU GOUVERNEMENT. NOUS ÉTIONS QUELQUES AGENTS TRIÉS SUR LE VOLET POUR ACCOMPLIR LES SALES BESOGNES... CELLES DONT PERSONNE NE DOIT ENTENDRE PARLER, BIEN SÛR...
25

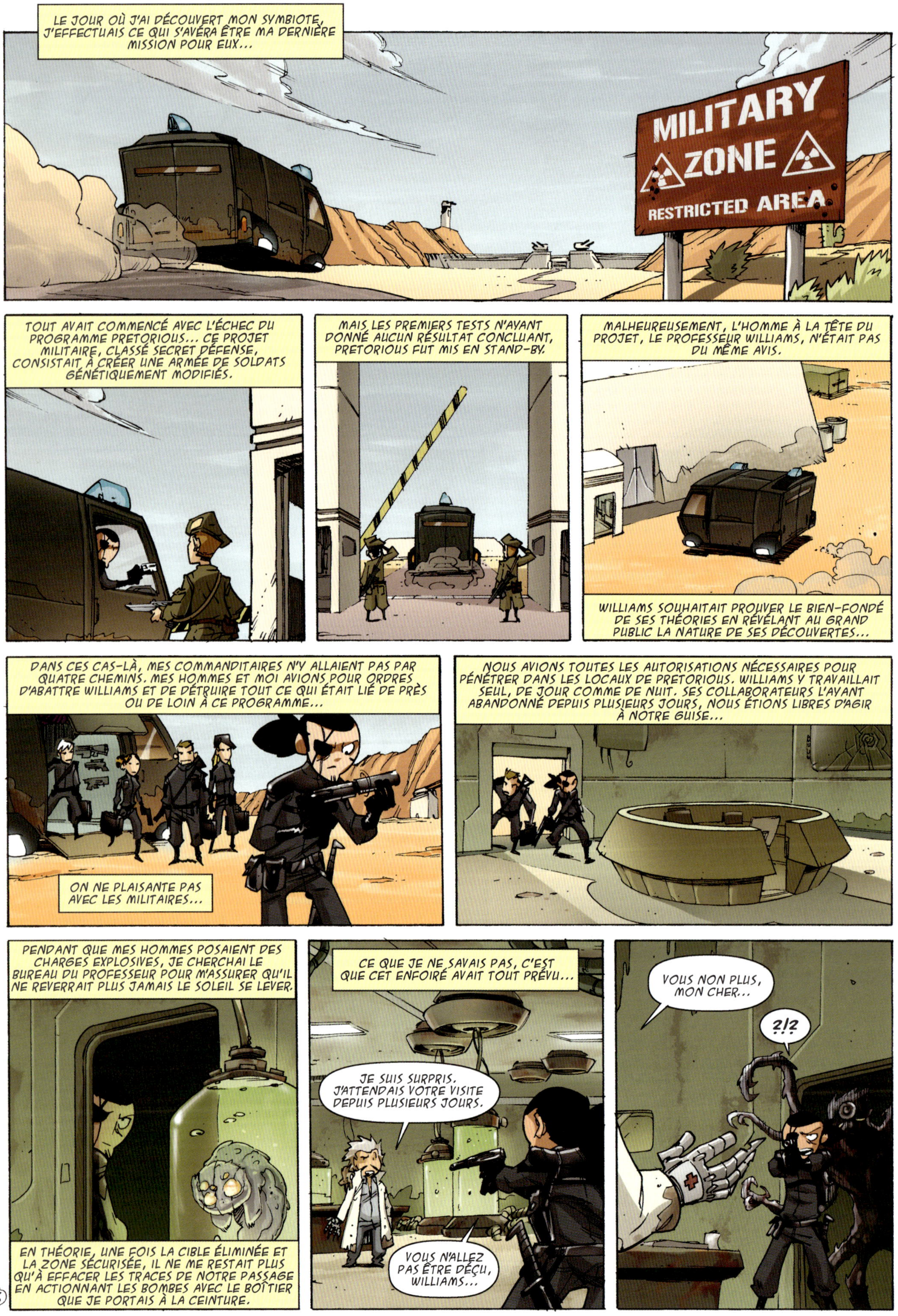
LE JOUR OÙ J'AI DÉCOUVERT MON SYMBIOTE, J'EFFECTUAIS CE QUI S'AVÉRA ÊTRE MA DERNIÈRE MISSION POUR EUX...
MILITARY ZONE
RESTRICTED AREA
TOUT AVAIT COMMENCÉ AVEC L'ÉCHEC DU PROGRAMME PRETORIOUS... CE PROJET MILITAIRE, CLASSÉ SECRET DÉFENSE, CONSISTAIT À CRÉER UNE ARMÉE DE SOLDATS GÉNÉTIQUEMENT MODIFIÉS.
MAIS LES PREMIERS TESTS N'AYANT DONNÉ AUCUN RÉSULTAT CONCLUANT, PRETORIOUS FUT MIS EN STAND-BY.
MALHEUREUSEMENT, L'HOMME À LA TÊTE DU PROJET, LE PROFESSEUR WILLIAMS, N'ÉTAIT PAS DU MÊME AVIS.
WILLIAMS SOUHAITAIT PROUVER LE BIEN-FONDÉ DE SES THÉORIES EN RÉVÉLANT AU GRAND PUBLIC LA NATURE DE SES DÉCOUVERTES...
DANS CES CAS-LÀ, MES COMMANDITAIRES N'Y ALLAIENT PAS PAR QUATRE CHEMINS. MES HOMMES ET MOI AVIONS POUR ORDRES D'ABATTRE WILLIAMS ET DE DÉTRUIRE TOUT CE QUI ÉTAIT LIÉ DE PRÈS OU DE LOIN À CE PROGRAMME...
ON NE PLAISANTE PAS AVEC LES MILITAIRES...
NOUS AVIONS TOUTES LES AUTORISATIONS NÉCESSAIRES POUR PÉNÉTRER DANS LES LOCAUX DE PRETORIOUS. WILLIAMS Y TRAVAILLAIT SEUL, DE JOUR COMME DE NUIT. SES COLLABORATEURS L'AYANT ABANDONNÉ DEPUIS PLUSIEURS JOURS, NOUS ÉTIONS LIBRES D'AGIR À NOTRE GUISE...
PENDANT QUE MES HOMMES POSAIENT DES CHARGES EXPLOSIVES, JE CHERCHAI LE BUREAU DU PROFESSEUR POUR M'ASSURER QU'IL NE REVERRAIT PLUS JAMAIS LE SOLEIL SE LEVER.
EN THÉORIE, UNE FOIS LA CIBLE ÉLIMINÉE ET LA ZONE SÉCURISÉE, IL NE ME RESTAIT PLUS QU'À EFFACER LES TRACES DE NOTRE PASSAGE EN ACTIONNANT LES BOMBES AVEC LE BOÎTIER QUE JE PORTAIS À LA CEINTURE.
CE QUE JE NE SAVAIS PAS, C'EST QUE CET ENFOIRÉ AVAIT TOUT PRÉVU...
JE SUIS SURPRIS. J'ATTENDAIS VOTRE VISITE DEPUIS PLUSIEURS JOURS.
VOUS N'ALLEZ PAS ÊTRE DÉÇU, WILLIAMS...
VOUS NON PLUS, MON CHER...
?!?

NE VOUS INQUIÉTEZ PAS, VOUS ALLEZ JUSTE FAIRE UNE SIESTE DE QUELQUES MINUTES, LE TEMPS POUR MOI DE VOUS INSTALLER CONFORTABLEMENT...
PIII... IÉÉÉÉ... UUUÉ... MOAAAA...
PEU DE TEMPS APRÈS, JE ME RÉVEILLAI AVEC UN HORRIBLE MAL DE TÊTE. ENFERMÉ DANS UNE SORTE D'ÉPROUVETTE GÉANTE, J'ENTENDAIS À PEINE LE SALAUD QUI M'AVAIT MIS GROGGY.
MAINTENANT QU'ILS ONT PILLÉ TOUTES MES DÉCOUVERTES... LE GOUVERNEMENT VOUS ENVOIE POUR FAIRE PARTIR EN FUMÉE DES ANNÉES DE RECHERCHES... ILS VONT REGRETTER DE NE PAS M'AVOIR ÉLIMINÉ PLUS TÔT !
SNIF... SNIF...
CONNAISSANT LA NATURE DE VOS RESPONSABLES, J'IMAGINE QUE VOUS NE SAVEZ MÊME PAS SUR QUOI PORTENT LES ÉTUDES FAITES DANS LE CADRE DU PROJET PRETORIOUS...
COMPRENEZ-MOI BIEN : ICI MÊME, J'AI DÉFIÉ LA RÉALITÉ, J'AI OUVERT UNE BRÈCHE SUR L'HYPERESPACE ET J'AI CRÉÉ GRÂCE À ELLE UN PORTAIL VERS UN AUTRE MONDE !
À TRAVERS CE PASSAGE, DES ENTITÉS EXTRADIMENSIONNELLES SONT ARRIVÉES DANS NOTRE ESPACE-TEMPS... NOUS LES AVONS BAPTISÉES "SPECTRES". C'EST JOLI, NON ?
APRÈS PLUSIEURS MOIS D'ANALYSES, LE HASARD NOUS A FAIT DÉCOUVRIR LA CAPACITÉ DE CES PETITES CRÉATURES À ENTRER EN SYMBIOSE AVEC TOUT ÊTRE VIVANT...
BIEN SÛR, NOUS L'AVONS D'ABORD EXPÉRIMENTÉE SUR DES VÉGÉTAUX PUIS DES ANIMAUX... COMME CE RAVISSANT PETIT MULOT...
VOUS ALLEZ VOIR, LES RÉSULTATS SONT SPECTACULAIRES !
v78k
DANS TOUS LES CAS QUE NOUS AVONS OBSERVÉS, LE SPECTRE DÉCUPLE LE POTENTIEL OFFENSIF ET DÉFENSIF DE SON HÔTE.
À PARTIR DE LÀ, NOUS AVIONS, À LA DEMANDE DU GOUVERNEMENT, TOUS LES ÉLÉMENTS POUR TRANSFORMER DES COBAYES HUMAINS EN SOLDATS INVINCIBLES !
27

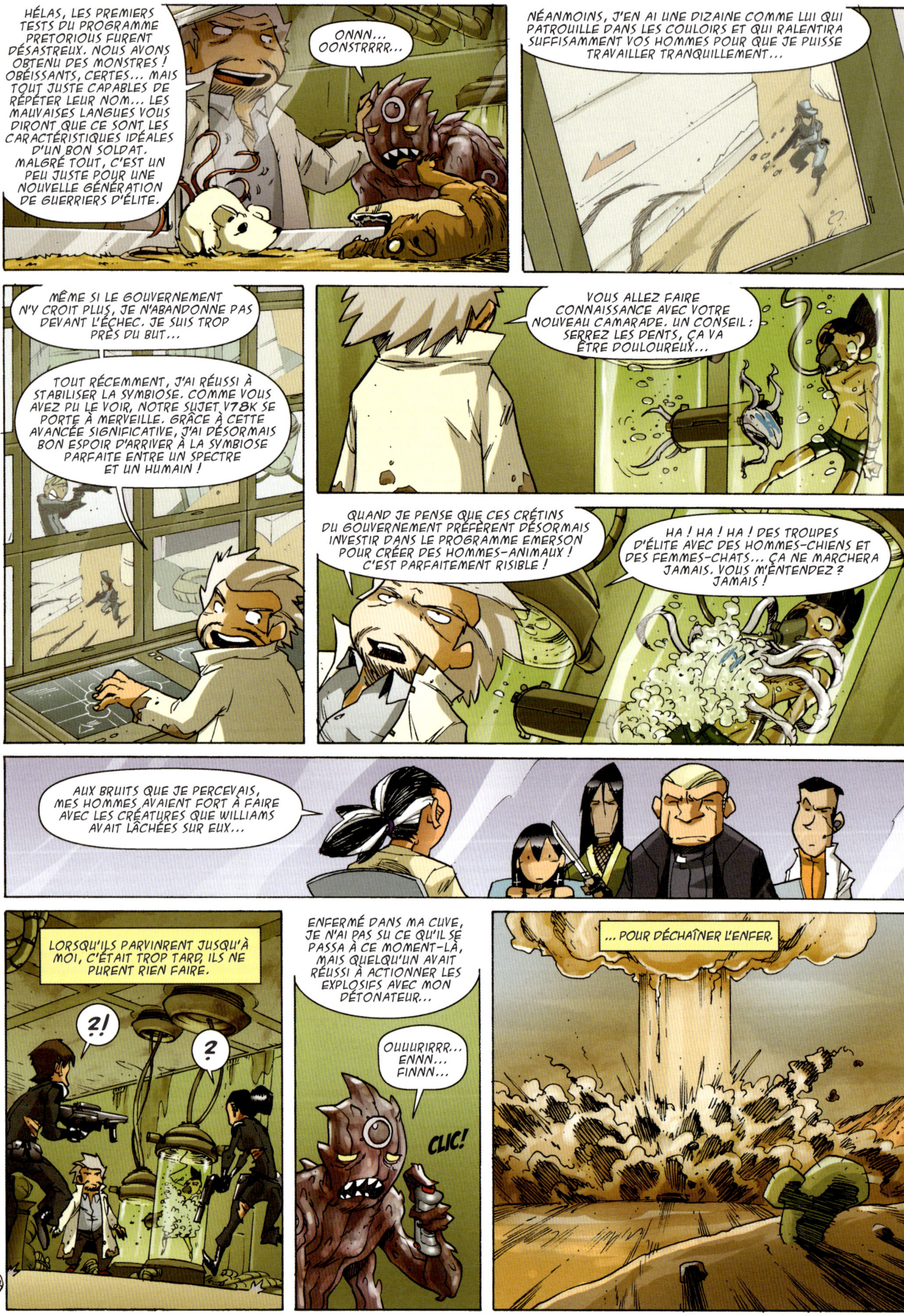
HÉLAS, LES PREMIERS TESTS DU PROGRAMME PRETORIOUS FURENT DÉSASTREUX. NOUS AVONS OBTENU DES MONSTRES ! OBÉISSANTS, CERTES... MAIS TOUT JUSTE CAPABLES DE RÉPÉTER LEUR NOM... LES MAUVAISES LANGUES VOUS DIRONT QUE CE SONT LES CARACTÉRISTIQUES IDÉALES D'UN BON SOLDAT. MALGRÉ TOUT, C'EST UN PEU JUSTE POUR UNE NOUVELLE GÉNÉRATION DE GUERRIERS D'ÉLITE.
ONNN... OONSTRRRR...
NÉANMOINS, J'EN AI UNE DIZAINE COMME LUI QUI PATROUILLE DANS LES COULOIRS ET QUI RALENTIRA SUFFISAMMENT VOS HOMMES POUR QUE JE PUISSE TRAVAILLER TRANQUILLEMENT...
MÊME SI LE GOUVERNEMENT N'Y CROIT PLUS, JE N'ABANDONNE PAS DEVANT L'ÉCHEC. JE SUIS TROP PRÈS DU BUT...
TOUT RÉCEMMENT, J'AI RÉUSSI À STABILISER LA SYMBIOSE. COMME VOUS AVEZ PU LE VOIR, NOTRE SUJET V78K SE PORTE À MERVEILLE. GRÂCE À CETTE AVANCÉE SIGNIFICATIVE, J'AI DÉSORMAIS BON ESPOIR D'ARRIVER À LA SYMBIOSE PARFAITE ENTRE UN SPECTRE ET UN HUMAIN !
VOUS ALLEZ FAIRE CONNAISSANCE AVEC VOTRE NOUVEAU CAMARADE. UN CONSEIL : SERREZ LES DENTS, ÇA VA ÊTRE DOULOUREUX...
QUAND JE PENSE QUE CES CRÉTINS DU GOUVERNEMENT PRÉFÈRENT DÉSORMAIS INVESTIR DANS LE PROGRAMME EMERSON POUR CRÉER DES HOMMES-ANIMAUX ! C'EST PARFAITEMENT RISIBLE !
HA ! HA ! HA ! DES TROUPES D'ÉLITE AVEC DES HOMMES-CHIENS ET DES FEMMES-CHATS... ÇA NE MARCHERA JAMAIS. VOUS M'ENTENDEZ ? JAMAIS !
AUX BRUITS QUE JE PERCEVAIS, MES HOMMES AVAIENT FORT À FAIRE AVEC LES CRÉATURES QUE WILLIAMS AVAIT LÂCHÉES SUR EUX...
LORSQU'ILS PARVINRENT JUSQU'À MOI, C'ÉTAIT TROP TARD, ILS NE PURENT RIEN FAIRE.
?!
?
ENFERMÉ DANS MA CUVE, JE N'AI PAS SU CE QU'IL SE PASSA À CE MOMENT-LÀ, MAIS QUELQU'UN AVAIT RÉUSSI À ACTIONNER LES EXPLOSIFS AVEC MON DÉTONATEUR...
OUUURIRRR... ENNN... FINNN...
CLIC!
... POUR DÉCHAÎNER L'ENFER.
28

À MA GRANDE SURPRISE...
... JE SURVÉCUS. JE NE FAISAIS PLUS QU'UN AVEC LE SPECTRE QUI M'AVAIT SAUVÉ LA VIE.
WILLIAMS M'AVAIT PRÉVENU, LA SYMBIOSE NE SE FIT PAS SANS DOULEUR... CROYEZ-MOI SUR PAROLE.
HNNG ...
IL ME FALLUT PLUSIEURS SEMAINES POUR M'EN REMETTRE...
ENSUITE, JE DÉMISSIONNAI DES FORCES SPÉCIALES... JE NE VOULAIS PRENDRE AUCUN RISQUE. SI PAR MALHEUR MES SUPÉRIEURS DÉCOUVRAIENT L'EXISTENCE DE MON SYMBIOTE, JE GAGNERAIS UN SÉJOUR À VIE DANS UN LABORATOIRE COMME COBAYE HUMAIN.
ET POUR FINIR EN BEAUTÉ, J'ABANDONNAI MA FAMILLE, LAISSANT DERRIÈRE MOI UNE ADOLESCENTE EN PLEINE RÉBELLION, JUDITH, ET UNE FEMME QUI ME HAÏSSAIT POUR NE JAMAIS AVOIR ÉTÉ LÀ QUAND IL LE FALLAIT... APRÈS CE QUE J'AVAIS VÉCU, JE NE VOULAIS SURTOUT PAS LES MÊLER À ÇA...
ENCORE UNE CHOSE... JE SAIS QU'APRÈS CES ÉVÉNEMENTS, VOUS AVEZ FONDÉ UNE AGENCE DE DÉTECTIVES INDÉPENDANTS AVEC HUBERT FORTUNA, ET JE VOUDRAIS SAVOIR COMMENT VOUS AVEZ FAIT AVEC VOTRE ASSOCIÉ POUR TROUVER LUCIE AVANT MES HOMMES ?
VOUS N'ÊTES JAMAIS RASSASIÉ OU QUOI ? C'EST SIMPLE, HUBERT POSSÈDE DES ACCÈS ILLÉGAUX AUX SATELLITES DES FORCES SPÉCIALES, C'EST UN EXCELLENT HACKER.
C'EST UN PEU COURT COMME EXPLICATION, MONSIEUR STORM. NOUS AVONS ÉGALEMENT ACCÈS À CES SATELLITES ET AUCUN D'ENTRE EUX NE PERMETTAIT DE...
STOP ! C'EST GRÂCE À MOI QU'ILS ONT TROUVÉ LUCIE. JE SUIS MÉDIUM, JE L'AI LOCALISÉE AVEC MON PENDULE ! MON PÈRE N'ÉTAIT AU COURANT DE RIEN... C'EST HUBERT QUI M'A DEMANDÉ DE LE FAIRE !
29

HMM... C'EST INTÉRESSANT. SI VOUS ÊTES AUSSI DOUÉE QUE ÇA, MISS STORM, VOTRE TALENT POURRA M'ÊTRE FORT PRÉCIEUX...
VOUS NE FEREZ RIEN AVEC MA FILLE !
KRASHHH
LÂCHEZ-LA, TOUT DE SUITE...
HRK...
...OU JE VAIS TOUS VOUS CREVER !
VOUS N'AURIEZ PAS DÛ.
PA... PAPA...
JE VOUS EN PRIE, SAUVEZ-LA...
SI ELLE VIT, JE VOUS PROMETS... JE FERAI TOUT CE QUE VOUS VOUDREZ.

SALUT, LES AMIS, VOUS ÊTES BIEN SUR LA BOÎTE VOCALE D'HUBERT. JE NE SUIS PAS DISPONIBLE POUR LE MOMENT. LAISSEZ-MOI UN MESSAGE. BIP...
HELLBOY
HUBERT, C'EST LÉON ! CET APRÈS-MIDI, JE RETOURNE SUR LES LIEUX OÙ MIKE A LIBÉRÉ LUCIE SHEPPARD. IL Y A SÛREMENT UN LIEN ENTRE SON PREMIER KIDNAPPING ET L'ASSASSINAT DE MA FEMME... REJOINS-MOI LÀ-BAS, JE VAIS AVOIR BESOIN DE TON MATÉRIEL...
S'IL VOUS PLAÎT, AIDEZ-MOI !
?!
JE ME SUIS TORDU LA CHEVILLE... ÇA FAIT MAL...
RASSUREZ-VOUS, MADAME. J'APPELLE LES SECOURS.
PAS UN GESTE ! SI T'ES SAGE, ON TE TUERA PROPREMENT...
C'EST LA MOINDRE DES CHOSES, ENTRE ANCIENS COLLÈGUES, LÉON.
DOMMAGE, TU T'ES FAIT AVOIR COMME UN BLEU !
TU AURAIS DÛ SUIVRE LES CONSEILS DE STUART ET ARRÊTER DE FOURRER TON SALE MUSEAU PARTOUT.
REMARQUE, J'LE COMPRENDS, BILL. ELLE ÉTAIT BIEN MIGNONNE SA PETITE FEMME...
TROP POILUE, POUR MOI, RONALD. HA HA HA !
KRAK
BLAM
LÂCHE CETTE ARME OU JE LUI BRISE LES CERVICALES !
31

TOOM
C'ÉTAIT MOINS UNE...
TU VAS VOIR ! J'VAIS FAIRE GICLER LA CERVELLE DE CE PUTAIN D'ENFOIRÉ !
EXCUSEZ-MOI DE VOUS DÉRANGER, MESSIEURS-DAMES, MAIS JE VIENS VOUS ANNONCER QUE VOUS ALLEZ MOURIR DANS D'ATROCES SOUFFRANCES.
?!?
?!?
OUVREZ LES YEUX ET REGARDEZ MA VRAIE NATURE, CAR C'EST LA DERNIÈRE CHOSE QUE VOUS VERREZ, HUMAINS.
FORCES SPÉCIALES ! DÉGAGE D'LÀ, ABRUTI !
DERNIÈRE SO... SOMMATION...
BLAM
BLAM
BLAM
NOOON !
SCRATCH
ARGHLLL !
SLASH
KRAK
À LA TIENNE, MON AMI !
ATOMIKA KOLA
32

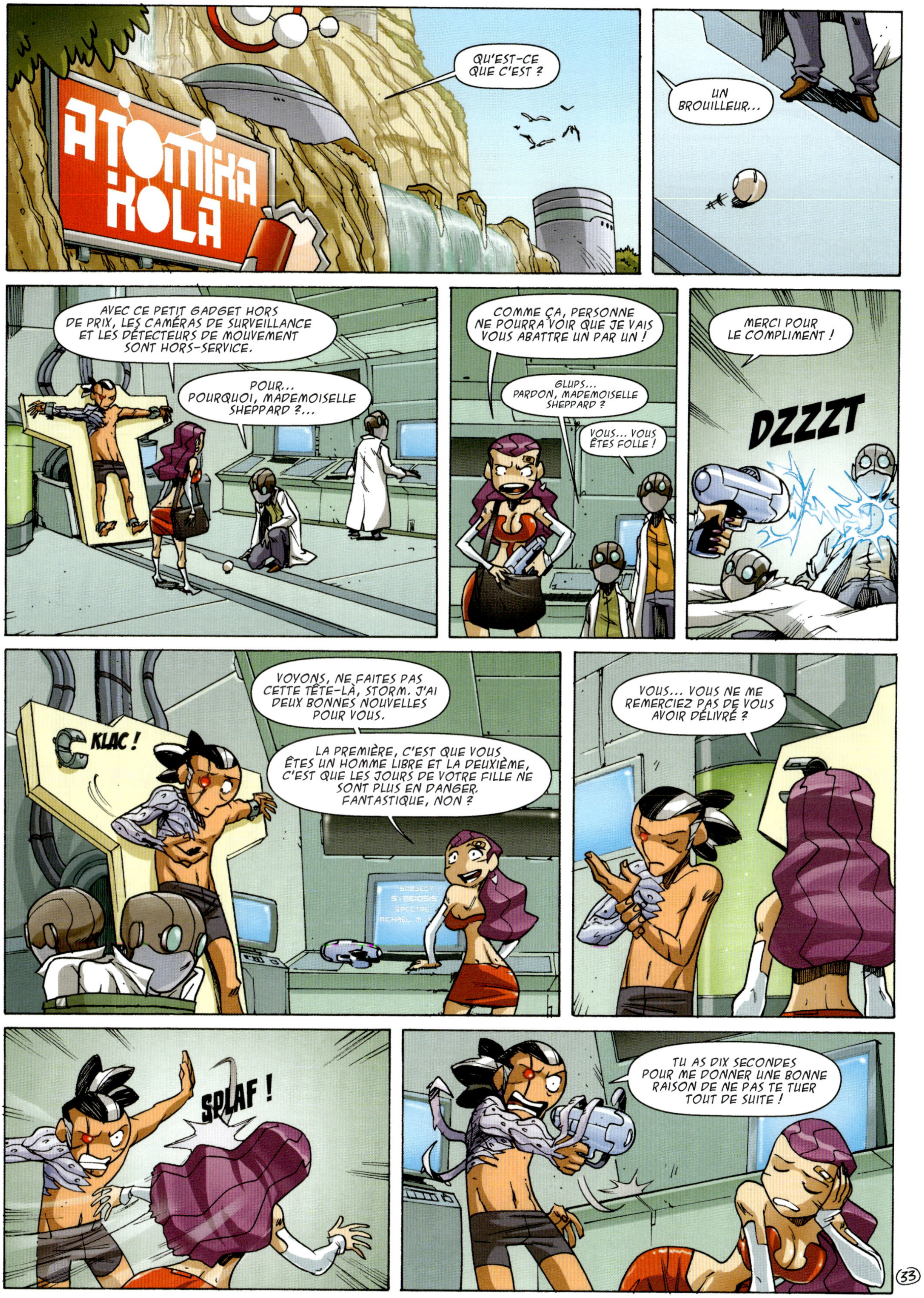
QU'EST-CE QUE C'EST ?
UN BROUILLEUR...
AVEC CE PETIT GADGET HORS DE PRIX, LES CAMÉRAS DE SURVEILLANCE ET LES DÉTECTEURS DE MOUVEMENT SONT HORS-SERVICE.
POUR... POURQUOI, MADEMOISELLE SHEPPARD ?...
COMME ÇA, PERSONNE NE POURRA VOIR QUE JE VAIS VOUS ABATTRE UN PAR UN !
GLUPS... PARDON, MADEMOISELLE SHEPPARD ?
VOUS... VOUS ÊTES FOLLE !
MERCI POUR LE COMPLIMENT !
DZZZT
VOYONS, NE FAITES PAS CETTE TÊTE-LÀ, STORM. J'AI DEUX BONNES NOUVELLES POUR VOUS.
KLAC !
LA PREMIÈRE, C'EST QUE VOUS ÊTES UN HOMME LIBRE ET LA DEUXIÈME, C'EST QUE LES JOURS DE VOTRE FILLE NE SONT PLUS EN DANGER. FANTASTIQUE, NON ?
VOUS... VOUS NE ME REMERCIEZ PAS DE VOUS AVOIR DÉLIVRÉ ?
SPLAF !
TU AS DIX SECONDES POUR ME DONNER UNE BONNE RAISON DE NE PAS TE TUER TOUT DE SUITE !
33

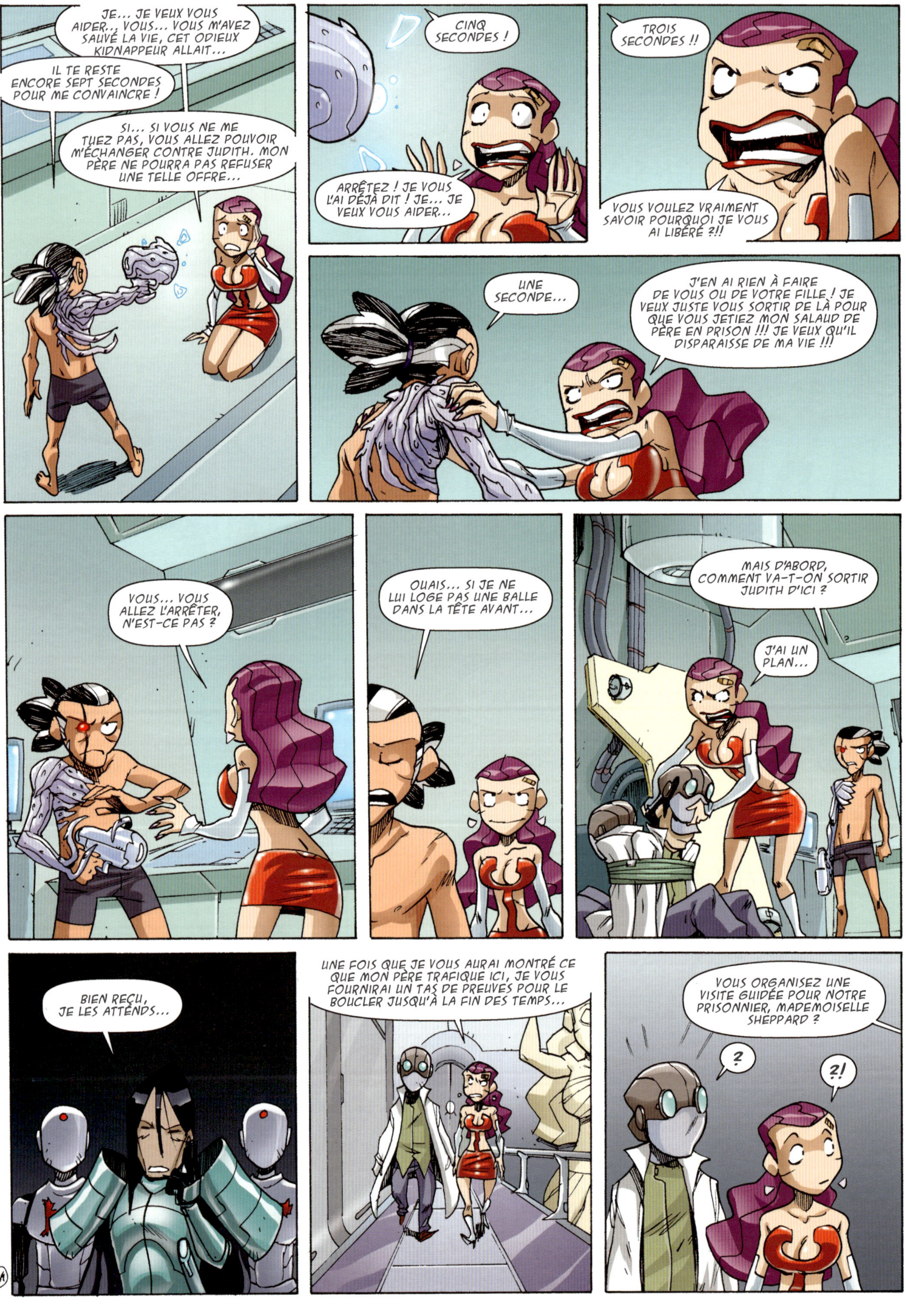
JE... JE VEUX VOUS AIDER... VOUS... VOUS M'AVEZ SAUVÉ LA VIE, CET ODIEUX KIDNAPPEUR ALLAIT...
IL TE RESTE ENCORE SEPT SECONDES POUR ME CONVAINCRE !
SI... SI VOUS NE ME TUEZ PAS, VOUS ALLEZ POUVOIR M'ÉCHANGER CONTRE JUDITH. MON PÈRE NE POURRA PAS REFUSER UNE TELLE OFFRE...
CINQ SECONDES !
ARRÊTEZ ! JE VOUS L'AI DÉJÀ DIT ! JE... JE VEUX VOUS AIDER...
TROIS SECONDES !!
VOUS VOULEZ VRAIMENT SAVOIR POURQUOI JE VOUS AI LIBÉRÉ ?!!
UNE SECONDE...
J'EN AI RIEN À FAIRE DE VOUS OU DE VOTRE FILLE ! JE VEUX JUSTE VOUS SORTIR DE LÀ POUR QUE VOUS JETIEZ MON SALAUD DE PÈRE EN PRISON !!! JE VEUX QU'IL DISPARAISSE DE MA VIE !!!
VOUS... VOUS ALLEZ L'ARRÊTER, N'EST-CE PAS ?
OUAIS... SI JE NE LUI LOGE PAS UNE BALLE DANS LA TÊTE AVANT...
MAIS D'ABORD, COMMENT VA-T-ON SORTIR JUDITH D'ICI ?
J'AI UN PLAN...
BIEN REÇU, JE LES ATTENDS...
UNE FOIS QUE JE VOUS AURAI MONTRÉ CE QUE MON PÈRE TRAFIQUE ICI, JE VOUS FOURNIRAI UN TAS DE PREUVES POUR LE BOUCLER JUSQU'À LA FIN DES TEMPS...
VOUS ORGANISEZ UNE VISITE GUIDÉE POUR NOTRE PRISONNIER, MADEMOISELLE SHEPPARD ?
?
?!

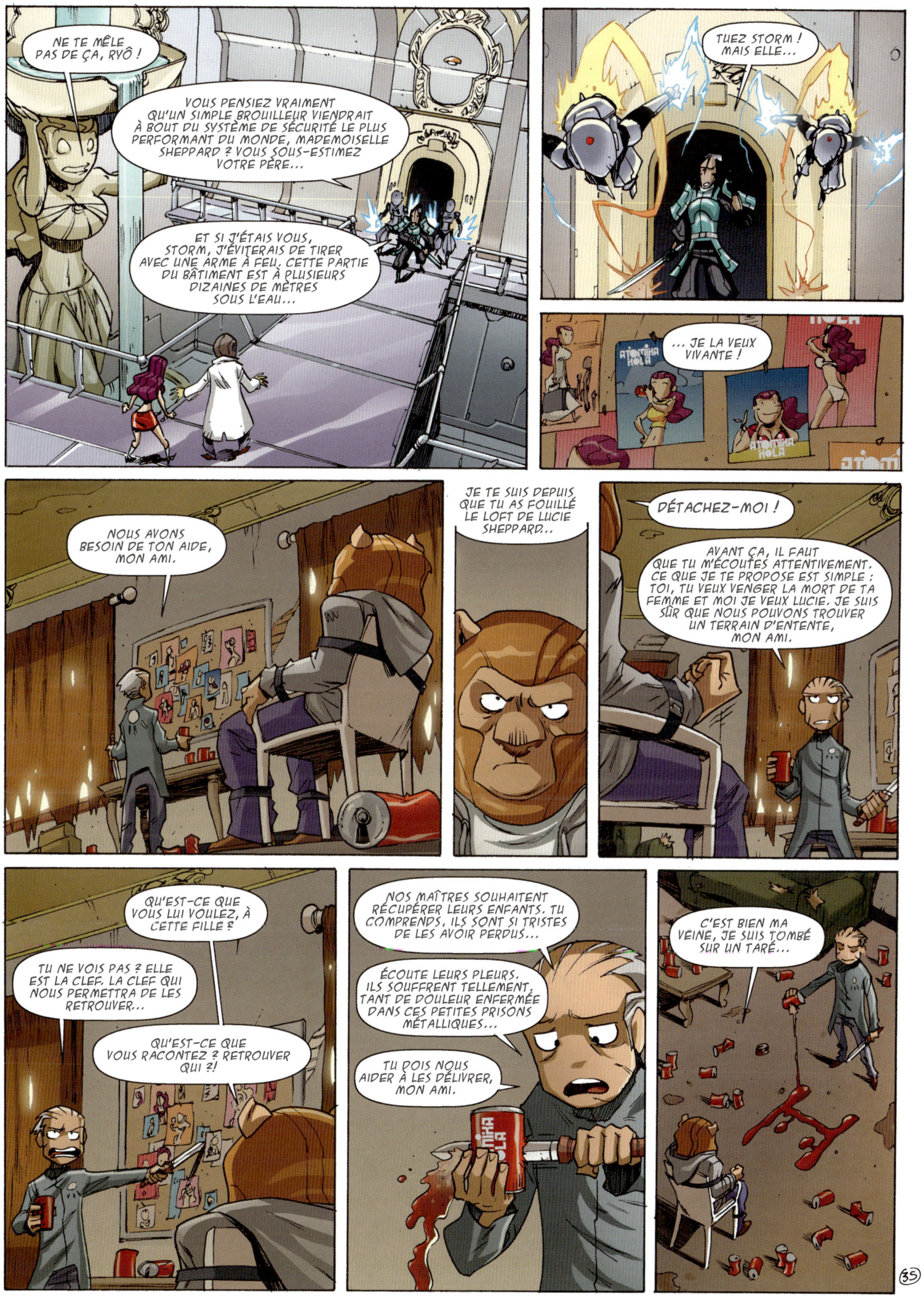
NE TE MÊLE PAS DE ÇA, RYÔ !
VOUS PENSIEZ VRAIMENT QU'UN SIMPLE BROUILLEUR VIENDRAIT À BOUT DU SYSTÈME DE SÉCURITÉ LE PLUS PERFORMANT DU MONDE, MADEMOISELLE SHEPPARD ? VOUS SOUS-ESTIMEZ VOTRE PÈRE...
ET SI J'ÉTAIS VOUS, STORM, J'ÉVITERAIS DE TIRER AVEC UNE ARME À FEU. CETTE PARTIE DU BÂTIMENT EST À PLUSIEURS DIZAINES DE MÈTRES SOUS L'EAU...
TUEZ STORM ! MAIS ELLE...
... JE LA VEUX VIVANTE !
ATOMIKA KOLA
NOUS AVONS BESOIN DE TON AIDE, MON AMI.
JE TE SUIS DEPUIS QUE TU AS FOUILLÉ LE LOFT DE LUCIE SHEPPARD...
DÉTACHEZ-MOI !
AVANT ÇA, IL FAUT QUE TU M'ÉCOUTES ATTENTIVEMENT. CE QUE JE TE PROPOSE EST SIMPLE : TOI, TU VEUX VENGER LA MORT DE TA FEMME ET MOI JE VEUX LUCIE. JE SUIS SÛR QUE NOUS POUVONS TROUVER UN TERRAIN D'ENTENTE, MON AMI.
QU'EST-CE QUE VOUS LUI VOULEZ, À CETTE FILLE ?
TU NE VOIS PAS ? ELLE EST LA CLEF. LA CLEF QUI NOUS PERMETTRA DE LES RETROUVER...
QU'EST-CE QUE VOUS RACONTEZ ? RETROUVER QUI ?!
NOS MAÎTRES SOUHAITENT RÉCUPÉRER LEURS ENFANTS. TU COMPRENDS, ILS SONT SI TRISTES DE LES AVOIR PERDUS...
ÉCOUTE LEURS PLEURS. ILS SOUFFRENT TELLEMENT, TANT DE DOULEUR ENFERMÉE DANS CES PETITES PRISONS MÉTALLIQUES...
TU DOIS NOUS AIDER À LES DÉLIVRER, MON AMI.
C'EST BIEN MA VEINE, JE SUIS TOMBÉ SUR UN TARÉ...
35

RÉPULSEURS : PUISSANCE MAXIMUM.
LAISSE-MOI, JE LES RETIENS !
MAIS...
VA-T'EN, BON SANG !!!
ET FERME CETTE FICHUE PORTE !!!
SBAM
RETENEZ VOTRE SOUFFLE, STORM !
?
DA-BOOM
SPLASHHHHHH

D'OÙ SORT TOUT CET ATTIRAIL ?
JE VOUS AVAIS BIEN DIT QUE J'AVAIS UN PLAN.
ALORS, SI J'AI BIEN COMPRIS CE QUE VOUS VENEZ DE ME RACONTER, VOUS AVEZ ENLEVÉ LUCIE POUR QU'ELLE VOUS DISE OÙ SE TROUVENT LES ENFANTS PERDUS DE VOS MAÎTRES...
MAIS AVANT QU'ELLE NE LE FASSE, MIKE L'A LIBÉRÉE EN VOUS LAISSANT POUR MORT.
À MON GRAND REGRET, OUI... L'UN DES ENFANTS PERDUS A ADOPTÉ TON AMI...
AH ?
MAUDIT PARASITE !
CRUNCH
BIEN... BIEN... ENSUITE, VOUS AVEZ ÉTÉ ENSEVELI PAR DES TONNES DE GRAVATS MAIS COMME VOUS ÊTES PROTÉGÉ PAR VOTRE MAÎTRE, VOUS EN AVEZ RÉCHAPPÉ SANS AUCUNE ÉGRATIGNURE...
EXACT.
MAIS SI VOS MAÎTRES SONT SI FORTS QUE ÇA, POURQUOI NE LIBÈRENT-ILS PAS EUX-MÊMES LEURS ENFANTS ?
TU OSES LEUR MANQUER DE RESPECT !... SACHE QUE, DANS LEUR GRANDE SAGESSE, ILS ONT CHOISI MON PEUPLE POUR LES AIDER À VOYAGER DANS LES MONDES ET AINSI ACCOMPLIR LEUR VOLONTÉ.
SUIS-JE BÊTE ! ÇA PARAÎT ÉVIDENT.
37

NOUS SOMMES LE PEUPLE ÉLU !!!
NOUS NE FAISONS QU'UN AVEC NOS MAÎTRES !
J'AI BIEN RÉFLÉCHI, C'EST D'ACCORD... JE VAIS T'AIDER...
CR...
CRR...
... À FINIR TES JOURS DANS UN ASILE !
CRAAAC
HA HA HA ! TU NE COMPRENDS DONC RIEN.
QUE TU LE VEUILLES OU NON...
!!?
... NOUS LES RETROUVERONS, MON AMI ! MÊME SI POUR CELA NOUS DEVONS RÉDUIRE TON MONDE EN CENDRES !
OÙ EST-CE QU'ON EST ?
CE QUE JE VEUX VOUS MONTRER SE TROUVE PAR ICI, STORM.
AVEC TOUS CES ROBOTS À NOS TROUSSES, IL VA NOUS FALLOIR DE L'AIDE...
NE VOUS INQUIÉTEZ PAS, J'AI DÉJÀ PRÉVENU VOTRE AMI. HUBERT NE DEVRAIT PAS TARDER À VENIR NOUS CHERCHER.
38
REGARDEZ, C'EST LÀ !

IL FAUDRA FAIRE VITE !
!!!
VOILÀ LE SECRET DE MON PÈRE ET L'ORIGINE DE SA FORTUNE...
JE COMPRENDS VOTRE SURPRISE, STORM. VOUS PENSIEZ AVOIR MIS FIN AU PROJET PRETORIOUS... MAIS VOILÀ CE QU'IL EST DEVENU, DÉSORMAIS.
COMME VOUS POUVEZ LE VOIR, VOUS N'AVEZ PAS ÉTÉ LE SEUL SURVIVANT DE L'EXPLOSION. TOUS LES COBAYES DE WILLIAMS ONT SURVÉCU, PROTÉGÉS PAR LEUR SYMBIOTE...
VÉRIFIEZ PAR VOUS-MÊME, ILS SONT TOUS LÀ !
HEUREUSEMENT POUR VOUS, MON PÈRE NE CONNAISSAIT PAS L'EXISTENCE DU VÔTRE, SINON VOUS SERIEZ DÉJÀ ICI AVEC LES AUTRES...
MAIS QU'EST-CE QUE VOUS FAITES AVEC TOUT CE MATÉRIEL ?
ÇA NE SE VOIT PAS ?
DU SODA, ÉVIDEMMENT !
39

DU SODA ? QUEL RAPPORT AVEC CES CRÉATURES ?
COMME VOUS Y ALLEZ, STORM ! VOUS OUBLIEZ QUE VOUS-MÊME ÊTES L'UNE D'ELLES...
MOUAIS...
POUR RÉPONDRE À VOTRE QUESTION, IL FAUT SAVOIR QU'APRÈS LA MORT DE WILLIAMS ET L'ÉCHEC DE PRETORIOUS, DE NOUVELLES PISTES DE RECHERCHE ONT ÉTÉ EXPLORÉES.
APRÈS QUELQUES ANNÉES D'OBSERVATION SUR LES COBAYES DE WILLIAMS, IL S'EST AVÉRÉ QUE LES APPLICATIONS MILITAIRES N'ABOUTIRAIENT À RIEN. EN REVANCHE, DES SPÉCIALISTES ONT DÉCOUVERT IL Y A MOINS D'UN AN DES PROPRIÉTÉS INÉDITES AUX FLUIDES VITAUX DES CRÉATURES SYMBIOTIQUES...
QUELLES PROPRIÉTÉS ?
CHAQUE MOIS, LES CHIFFRES DE VENTE EXPLOSENT ! LES GENS BOIVENT DE PLUS EN PLUS D'ATOMIKA KOLA ! ET CE N'EST PAS PARCE QUE CE SODA EST MEILLEUR QU'UN AUTRE...
D'AILLEURS, IL A UN VRAI GOÛT DE CHIOTTE, MAIS PASSONS...
... L'IMPORTANT, C'EST QU'UNE GOUTTE DE FLUIDE MUTÉ MÉLANGÉE À DES HECTOLITRES DE LA BOISSON PRÉFÉRÉE DE NOS PETITES TÊTES BLONDES REND TOUT BUVEUR D'ATOMIKA KOLA AUSSI ACCRO QUE LE DERNIER DES JUNKIES !
ET LE GÉNIE, DANS TOUT ÇA, C'EST QU'AUCUNE ANALYSE FAITE PAR LES CONTRÔLES SANITAIRES NE PEUT DÉTECTER CETTE SUBSTANCE VENUE D'AILLEURS...
C'EST MONSTRUEUX !
OH, OUI ! MAIS ÇA RAPPORTE TELLEMENT D'ARGENT...
NE RESTONS PAS LÀ, STORM. LES SBIRES DE MON PÈRE VONT BIENTÔT ARRIVER.
JE NE PARTIRAI PAS SANS JUDITH.
AVEC DE L'AIDE, NOUS LA SORTIRONS D'ICI...
SI HUBERT SAIT OÙ NOUS TROUVER... ALORS ÇA NE SERA PAS UN PROBLÈME...
40

J'AI FAIT PARVENIR LES COORDONNÉES GPS DU SITE À VOTRE AMI. CET ASCENSEUR DE SECOURS NOUS PERMETTRA D'ACCÉDER DIRECTEMENT AU PARKING OÙ IL DOIT VENIR NOUS RÉCUPÉRER DANS QUELQUES MINUTES...
DIS-MOI, LUCIE, COMMENT TON PÈRE S'EST-IL RETROUVÉ MÊLÉ AUX TROUVAILLES DE WILLIAMS ?
C'EST LUI QUI A FINANCÉ EN BONNE PARTIE LE PROJET PRETORIOUS...
IL A ÉTÉ IMPLIQUÉ DANS UN PROJET MILITAIRE CLASSÉ SECRET DÉFENSE ?
OUI... MON PÈRE A LE BRAS LONG ET CE N'EST QU'UN DÉBUT...
COMMENT ÇA ?
EH BIEN, LA SEULE CHOSE QUI L'INTÉRESSE, C'EST LE POUVOIR. ET CE POUVOIR, IL SOUHAITE L'OBTENIR PAR LA FORCE ! L'ARGENT QUE LUI RAPPORTE LE SODA N'EST QU'UN MOYEN POUR LUI DE FINANCER LA PLUS GRANDE FORCE MILITAIRE PRIVÉE DU PAYS...
TU ES QUAND MÊME BIEN INFORMÉE, POUR UN TOP-MODÈLE...
VOUS ME PRENEZ POUR UNE IDIOTE ? SI JE DOIS HÉRITER DE L'EMPIRE DE MON PÈRE, IL FAUT BIEN QUE JE SACHE CE QU'IL S'Y TRAME !
BONSOIR, MA PUCE...
?!
PA... PAPA ?!
TU M'AS DÉÇU, LUCIE. TOUT CE QUE TU VOULAIS, TU L'AS TOUJOURS EU. MAIS AUJOURD'HUI, TU AS DÉPASSÉ LES BORNES... ET ÇA, JE NE PEUX PAS LE TOLÉRER... TU M'AS TRAHI !
ET COMME JE TE L'AI APPRIS, IL N'Y A QU'UN CHÂTIMENT POUR LES TRAÎTRES...
TUEZ-LA !
RATATATATA
41

NON !!!
SPING
SPANG
SPING
RYÔ, ÉCOUTE-MOI BIEN. NE ME PARLE PLUS JAMAIS DE MA FILLE... POUR MOI, LUCIE N'A JAMAIS EXISTÉ... JAMAIS... TU COMPRENDS ?
PARFAITEMENT, MONSIEUR SHEPPARD.
TU PEUX DÉCOLLER, RYÔ... NOUS REVIENDRONS ICI UNE FOIS QUE STORM AURA ÉTÉ MIS HORS CIRCUIT ET QUE SA FILLE SERA EN LIEU SÛR...
MONSIEUR SHEPPARD, IL Y A UN PROBLÈME...
!!!WARNING!!!
RENFORTS ! RENFORTS !
VOUS N'ALLIEZ PAS PARTIR SANS NOUS DIRE AU REVOIR !
SHOOOM
ÇA VA, JUDITH ?
ÇA... ÇA VA...
HUBERT, EMMÈNE JUDITH EN SÉCURITÉ ! GROUILLE-TOI ! ILS ARRIVENT EN FORCE !
42

NE T'INQUIÈTE PAS POUR EUX, MIKE. JE NE SUIS PAS VENU SEUL !
!?!
EN AVANT !!!
TU NE T'EN SORTIRAS PAS COMME ÇA, SHEPPARD !
43

STORM... NE... NE ME FAITES PAS DE MAL...
HGH ...
?!
SLASH
COMME ON SE RETROUVE, MAUDIT PARASITE.
ENFOIRÉ, IL ÉTAIT À MOI !
ARRÊTEZ ! VOUS M'AVEZ DONNÉ VOTRE PAROLE QU'EN ÉCHANGE DE MON AIDE, VOUS LAISSERIEZ STORM TRANQUILLE...
IL PEUT VOUS AIDER À TROUVER VOS ENFANTS PERDUS...
TU AS DE DRÔLES D'AMIS, HUBERT...
NE M'EN PARLE PAS... MAIS LE PLUS IMPORTANT, C'EST QUE GRÂCE À EUX, TOUS LES ANDROÏDES DE COMBAT ONT ÉTÉ MIS HORS CIRCUIT.
TU SAIS, JE CROIS QUE JE DEVIENS FOLLE... D'ABORD, J'AI VU MON PÈRE SE TRANSFORMER EN MONSTRE COUVERT DE POINTES... ENSUITE JE SUIS PASSÉE À DEUX DOIGTS DE LA MORT ET ENFIN, TU VIENS NOUS DÉLIVRER ACCOMPAGNÉ D'UNE ARMÉE DE... DE...
C'EST FINI, JUDITH. TOUT VA BIEN, MAINTENANT.
C'EST POUR LES CHERCHER QU'ILS SONT VENUS DANS NOTRE MONDE.
INCROYABLE, CETTE HISTOIRE ! QUAND JE PENSE QUE JE N'AVAIS MÊME PAS FAIT LE LIEN ENTRE LE KIDNAPPEUR DE LUCIE ET MON SYMBIOTE...
49
MAINTENANT, STORM, C'EST À VOUS DE M'AIDER. MA FEMME, CATHY, FAISAIT PARTIE DE L'ÉQUIPE DE JIM QUI VOUS EMMENAIT AU POSTE. JE VEUX SAVOIR QUI L'A ASSASSINÉE.
C'EST FERDINAND SHEPPARD QUI EST À L'ORIGINE DE SA MORT...
MAIS SI ÇA PEUT TE CONSOLER, IL VIENT DE PAYER POUR TOUS SES CRIMES...

TOUS LES ENFANTS PERDUS SONT ICI PRÉSENTS. NOTRE MISSION EST ACCOMPLIE. NOUS POUVONS LES RAMENER CHEZ EUX, MAINTENANT...
SAUF LE VÔTRE, SI J'AI BIEN COMPRIS...
C'EST ÇA. JE CROIS QUE LUI ET MOI, ON S'ENTEND ASSEZ BIEN, FINALEMENT...
C'EST CE QUE VOUS PENSEZ... AUJOURD'HUI, CE N'EST QU'UN ENFANT OBÉISSANT. MAIS AVEC LE TEMPS, IL GRANDIRA ET C'EST VOUS QUI LUI OBÉIREZ... NE L'OUBLIEZ PAS.
MERCI, MON AMI.
PFFF... BON DÉBARRAS !
REGARDE, PAPA. J'AI TROUVÉ ÇA...
SON PROPRIÉTAIRE A DÛ PRENDRE LA POUDRE D'ESCAMPETTE...
DANS CERTAINS PAYS, ON DIT QUE L'ÂME D'UN GUERRIER NE FAIT QU'UN AVEC SON SABRE...
QU'ELLE AILLE AU DIABLE !
KLAC
45

ÇA NE SERAIT PAS DE REFUS, UN PEU D'AIDE DANS MON ÉQUIPE, MON GARÇON. ET PUIS, HUB T'APPRÉCIE BIEN. ALORS, POUR MOI, TU ES LE BIENVENU.
MERCI, MAIS J'AI BESOIN D'Y RÉFLÉCHIR... J'HÉSITE À REPRENDRE MA PLACE AU SEIN DES FORCES SPÉCIALES.
MAUVAISE IDÉE...
JE NE SAIS PAS... DEPUIS QUE LES HOMMES DE PAILLE DE SHEPPARD, COMME STUART, SONT TOMBÉS POUR CORRUPTION... IL DOIT Y AVOIR QUELQUE CHOSE À FAIRE.
CATHERINE LARSEN
C'EST TOI QUI VOIS. EN TOUT CAS, SACHE QUE LA PORTE DE MON AGENCE RESTE OUVERTE.
J'AI VU, AUX INFOS, QUE LES VENTES D'ATOMIKA KOLA N'ARRÊTENT PAS DE CHUTER...
C'EST SÛREMENT LIÉ À LA DISPARITION DE LEUR INGRÉDIENT MAGIQUE...
MAGIQUE... MOUAIS...
DOMMAGE, J'AIMAIS BIEN ÇA... LES PREMIERS JOURS SANS ATOMIKA KOLA ONT ÉTÉ DIFFICILES MAIS AU FINAL, ON S'Y FAIT BIEN...
J'AI BEAUCOUP RÉFLÉCHI, CES DERNIERS JOURS, JUDITH... ON POURRAIT TOUT REPRENDRE À ZÉRO, TOI ET MOI ?
HMM... POURQUOI PAS... LA POSITION DES PLANÈTES EST FAVORABLE AUX CHANGEMENTS...
LA QUOI ?!
LAISSE TOMBER, PAPA. JE SUIS D'ACCORD...
TU M'AS MANQUÉ, JUDITH...
FIN.

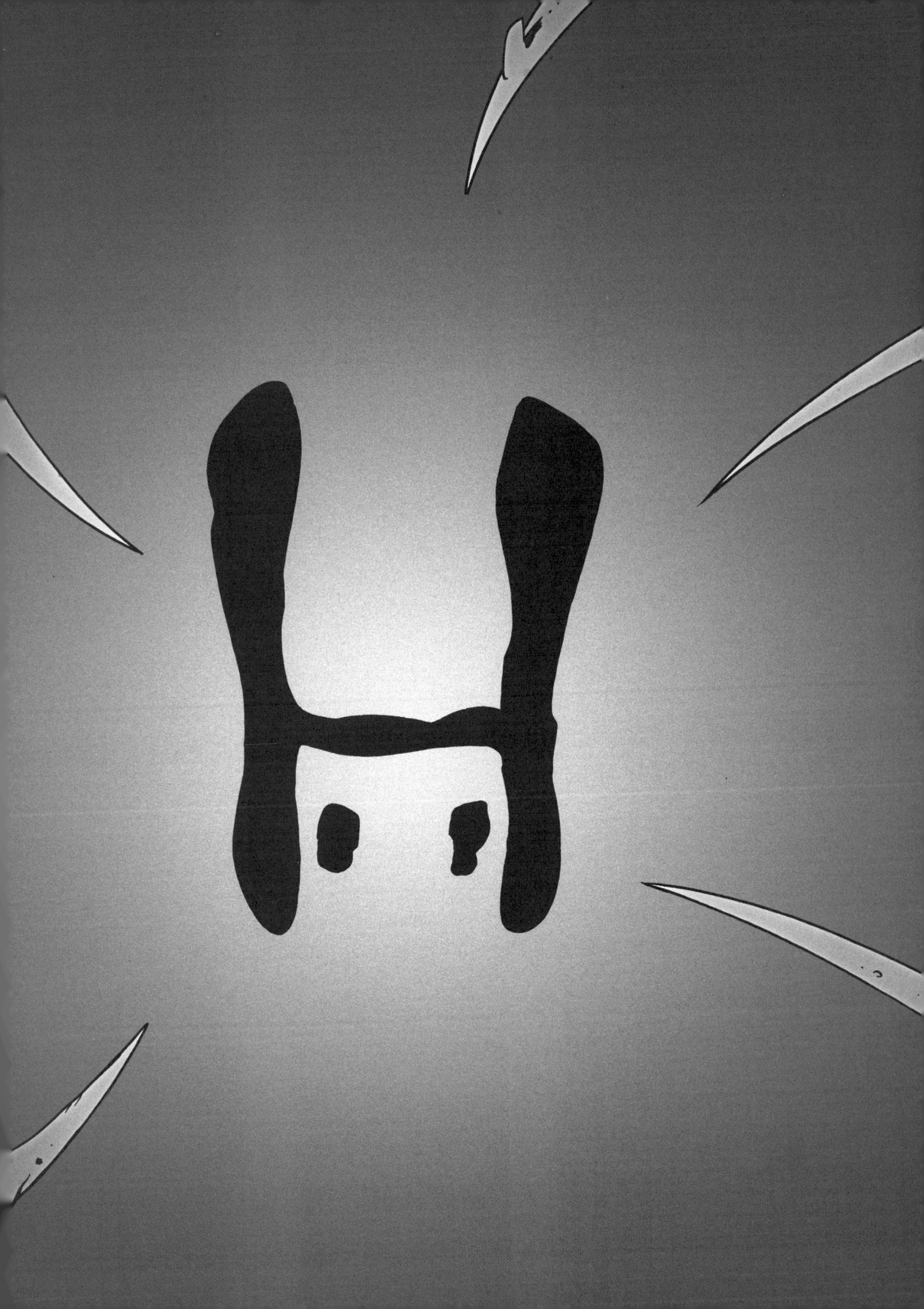